우리 언젠가 화성에 가겠지만

김 강 소설집

우리 언젠가
화성에 가겠지만

김강 소설집

차례

병호가 오는 날

오늘이 병호가 오는 날인지 만수가 물었다. 희옥은 콩나물 잔뿌리를 다듬다 말고 고개를 돌려 벽에 걸린 달력을 보았다. 오늘이 며칠인지 희옥이 되물었고 만수는 19일이라 답했다. 오늘이 며칠인지도 몰라? 핀잔을 더했다. 그렇게 잘 아는 양반이. 희옥은 말꼬리를 달려다 그냥 두었다. 대신 손으로 달력을 가리켰다.

"19일에 빨간 동그라미가 쳐져 있네요. 동그라미 친 날마다 오겠다 했던 것 같은데요."

"그랬지. 오늘 오겠군. 그런데 말이야. 우리를 정신없는 노인네로 아는 모양이야. 그냥 매주 목요일 오겠습니다, 하면 될 것을."

희옥은 대꾸를 하지도 고개를 끄덕이지도 않았다. 콩나물 잔뿌리를 넣은 비닐봉지와 콩나물을 담아둔 소쿠리를 들고 부엌으로 갔다. 만수는 깔아두었던 신문을 접어 들고 희옥의 뒤를 따랐다. 김치냉장고 옆 폐지 위에 신문을 얹은 뒤 희옥 옆에 뒷짐을 지고 섰다.

"저기."

만수가 무슨 말을 하려 했지만 희옥은 개수대에 소쿠리를 남겨둔 채 거실로 갔다. 콩나물을 다듬었던 자리를 닦았고 허리를 두드리며 일어나 화장실로 향했다. 만수는 몇 차례 헛기침을 한 뒤 물휴지 통을 집어 들고 베란다로 나갔다. 물휴지를 꺼내 석곡의 잎을 닦기 시작했다. 대여섯 장의 잎사귀를 닦은 뒤 물휴지를 펼쳐 묻어있는 갈색 깍지벌레들을 확인했다. 익숙한 듯 코에 가져다 대고 냄새를 맡았다. 깍지벌레에선 쿰쿰하고 진득한 단내가 났다.

"이놈의 깍지벌레들은 끝이 없네, 끝이 없어."

만수는 혼잣말인지 희옥더러 들으라 한 말인지 구별할 수 없는 말을 했다. 화장실에서 돌아온 희옥은 여전히 대답하지 않았다. 그 젊은이가 콩나물국을 좋아했던 것 같은데. 희옥은 냄비뚜껑을 덮으며 중얼거렸다. 그 젊은이를 위해 일부러 준비한 것은 아니었다. 다행이네. 국을 잘 골랐다 생각했다.

"오늘은 따뜻한 밥에 그 젊은이가 좋아하는 콩나물국이라도 먹여서 보내야겠어요."

"좋은 생각이네, 좋은 생각이야. 그런데 병호가 콩나물국을 좋아했었나?"

기다렸다는 듯 만수가 대답을 했다.

"그냥 그런 느낌이 드네요. 예전에 콩나물국을 만들어준 적이 있는 것 같기도 하고, 콩나물무침도 좋아했던 것 같기도 하고."

희옥은 가스레인지 불을 조절하며 말했다. 만수는 희옥의 말투가 부드러워졌다고 느꼈다. 석곡을 닦다 말고 거실로 들어왔다. 개수대 수전을 열어 손을 씻고 있는 희옥의 뒷모습이 보였다. 만수는 한동안 움직이지 않고 희옥의 뒷모습을 바라보았다. 뒷모습이 똑 닮았단 말이지. 만수가 희옥을 집으로 들인 이유였다. 그 사람과 너무 닮아서.

"그 젊은이 이름이 병호라 했던가요?"

비닐장갑을 끼고 콩나물을 무치던 희옥이 만수에게 물었다.

"그래, 밝을 병에 따를 호를 쓴다고 했던 것 같은데. 항상 밝은 곳을 향하라는 뜻이라고. 당신도 이제 병호라고 좀 불러. 쉽지는 않겠지만. 젊은이, 젊은이 이렇게만 부르니 내가 듣기에 좀 그래."

깍지벌레를 닦았던 물휴지를 손에 든 채 만수가 대답했다.

"어느 틈에 이름의 한자까지 물어봤어요?"

"그러게. 어떻게 알지? 내가 물어봤었나. 허허. 그게 중요한가? 착한 젊은이잖아."

"착하지요. 그리고 불쌍하고."

희옥이 만수의 집으로 들어온 지 얼마 되지 않았을 때였다. 병호가 디지털 자물쇠의 비밀번호를 누르고 현관으로 들어섰을 때 만수는 집에 없었다. 빨래를 널고 있던 희옥은 만수가 돌아온 것이라 여겼다. 희옥은 뒤돌아보지 않았다. 세탁기에 양말을 넣을 때 바로 해서 넣으면 안 되나요? 뒤집어 넣지 말라고 몇 번을 부탁했잖아요. 대답이 없었다. 나갔다 들어오는 사람에게 괜한 말을 했나 싶었다. 뛰어갔다 오셨나? 뭐가 그리 급하다고. 희옥이 말을 덧붙이며 고개를 돌렸을 때 거실에는 만수가 아니라 병호가 서 있었다. 누구? 희옥이 우물거렸다. 아버지는요? 병호가 물었다. 만수의 아들인가? 왜 이야기해주지 않았지? 이야기를 했는데, 내가 기억을 못 하는 건가? 희옥은 만수에게서 들었던 이야기들을 되짚어 보았지만, 아들에 관한 이야기는 없었다. 희옥은 뭐라도 대답을 해야 했다. 슈퍼에 가셨는데, 곧 돌아오실 거예요. '곧'이라는 단어에 힘을 더했다. 노인들만 사는 집을 찾아다니는 강도나 도둑이 있다 하더라고. 아무나 열어주면 안 돼. 만수가 이야기했었다. 갑자기 왜 말을 높이고 그러세요. 병호가 한 걸음 앞으로 다가섰을 때 희옥은 한 걸음 뒤로 물러섰고 건조대에 널기 위해 마룻바닥에 쌓아놓았던 수건을 밟았다. 막 세탁을 끝낸 수건의 축축한 물기에 놀란 희옥이 발을 떼던 그때, 만수가 들어왔다. 아버지 저 왔습니다. 병호가 만수에게 인사를 했다. 어, 그래. 왔나. 만수는 짧게 대답을 하고 희옥을 보았다. 놀란 표정으로 만수와 병호를 살피던 희옥에게 왼손을 펼쳐 들고 괜찮다, 손짓했다. 희옥은 만수 옆으로 와 장바구니를 받아들고 부엌으로 들어갔다. 만수가 사온 것들을 하나씩 꺼내 식탁 위에 올려놓았다. 라면 드시게요? 밥을 드시지. 식탁 위에 놓인 다섯 개들이 라면 묶음을 보고 병호가 말했다. 너의 엄마가 웬일로 라면을 먹고 싶다 하는구나. 그런 날도 있잖느냐. 아, 참. 내 정신도. 계란을 사온다는 걸 깜빡했네. 계란 좀 사오너라. 요 앞 동네 마트는 오늘 문을 열지 않았더구나. 차로 조금만 가면 큰 마트가 하나 있을 거다. 이 장바구니를 가지고 가거라. 돈, 돈을 줘야지. 지갑을 어디 뒀더라? 만수는 점퍼와 바지의 주머니를 뒤적였다. 돈은 제게 있어요. 만수를 지켜보던 병호가 장바구니를 받아들었다. 병호는 현관을 나섰고 이어 엘리베이터의 문이 열리고 닫히는 소리가 들렸다. 만수는 빠른 걸음으로 돌아와 식탁 의자에 앉아 있던 희옥과 마주 앉았다. 놀랐지? 미리 말해둔다는 것을. 오해 마시게. 저 젊은이는 내 아들이 아니야. 그런데 내 아들이기도 해. 사연이 있어, 사연이. 아마 당신을 자기 어머니라고 생각하고 있을 거야. 어디서부터 시작해야 하나? 그러니까 아마 내가 이곳으로 이사를 오기 전 저 젊은이의 부모가 여기 살았었나 봐.

만수는 자기가 이곳으로 이사 오기 전 병호의 부모가 여기에 살았던 것 같다고 이야기했다. 현관 디지털 자물쇠의 비밀번호를 알고 있는 것도 그 때문일 거라고. 내가 아직 현관 비밀번호를 바꾸지 못 했거든. 바꾸는 게 귀찮기도 하고 어렵기도 하고 또 누가 들어온다 해도 딱히 가져갈 것도 없고. 그래도 바꿀 것은 바꾸어야지요. 희옥이 말을 받았고 그러게, 만수가 대답했다. 그리고 말을 이었다. 병호의 부모가 여기 살다가 무슨 일을 당했나 봐. 강도 같은 험한 일을 당한 것은 아닌 것 같고, 사고가 나서 한날한시에 저세상으로 갔다 하더라고. 부부가 같이 말이야. 안된 일이지. 한편으로는 부부로서 그나마 좋은 일이다 싶기도 하고. 이 세상이든 저세상이든 함께하는 거잖아. 다른 이야기도 있어. 부부가 해외여행을 갔다가 실종되었다는 이야기. 어찌되었건 아들인 병호가 그걸 현실로 받아들이지 못 한 거지. 자기 부모가 죽었다는 것을 믿지 않는 거야. 그러니 이렇게 찾아오는 거지. 우리를 자기 부모로 착각하고 말이야. 아니야, 착각이라고 하기는 좀 그렇지. 병이라면 병이지. 그렇다고 어찌할 수 있나? 우리는 너의 부모가 아니니 찾아오지 말라. 이렇게 내칠 수 있나? 스스로 정신 차릴 때까지 기다려줘야지. 또 있어. 정신을 차린다고 해봐. 그러면 또 병호, 그 젊은이 마음이 얼마나 아프겠어. 얼마나 아플까. 뭘 달라고 조르는 것도 아니고 해코지를 하는 것도 아니니 그냥 있어봐야지. 말 그대로 시간이 약이지. 희옥은 만수의 말에 고개를 끄덕였다. 그러면 저 액자 속 사람들이 병호라는 젊은이의 부모인 건가요? 치우지 않은 거지요? 당신 집에 저 사진이 왜 있나 했지요. 희옥이 말했고 만수는 손사래를 쳤다. 아니지, 아니야. 전에 살던 사람들 살림을 그대로 두고 이사를 오는 사람이 어디 있어. 거기에도 사연이 있지, 사연이. 당신이 우리 집에 오기 전에 병호 그 젊은이가 몇 번 집에 왔었거든. 나는 너의 아버지가 아니다. 내 집에서 나가라. 다시는 이곳에 오지 마라. 이렇게 냉정하게 말을 했지. 그랬더니 어느 날 나를 설득하겠다며 한 손에는 가족사진 액자를, 다른 한 손에는 사진첩을 들고 나타난 거야. 어디서 소주를 한잔 마시고 온 건지 벌겋게 달아오른 얼굴을 하고 말이야. 입에서는 술 냄새를 풍기면서. 닮은 구석이 하나도 없는 노인네 사진을 두고 나라며 자기 아버지라 떼를 쓰는데, 가슴을 뜯으며 눈물을 흘리는데 어떻게 해. 너의 아버지가 아니다. 몇 번 더 말하면 베란다 밖으로 뛰어내릴 것 같더라니까. 별수 있나. 내가 너의 아버지가 맞다. 액자도 걸어라. 그래 내 아들 하자, 그랬지. 나이가 들수록 인연을 만들지 말라 했는데. 어쩔 수가 없었지. 사람 하나 살렸다 생각하기로 했어. 재밌는 건 아니 신기한 건, 이제 녀석이 어머니는 어디 가셨느냐 묻기 시작할 즈음 당신이 나타났다는 거야. 목욕탕에 갔다, 동네 할멈들과 여행을 갔다고 둘러대고 있었거든. 후우. 이 말을 하는데 여기가 왜 이리 답답한 거지. 만수는 가슴에 무엇이 걸린 듯 주먹으로 가슴을 몇 번 두드렸다. 자리에서 일어난 희옥이 선반에서 컵을 꺼내 정수기의 물을 받았다. 만수는 희옥이 건넨 물컵을 받아들고 벌컥 물을 들이켰다. 갑자기 많은 일이 생겨서 혼란스러울 거야. 당신은 그럴 수 있어. 충분히. 하지만, 그건 나도 마찬가질세. 병호부터 당신까지. 갑자기 내게 많은 사람이 생겼어. 받아들여야지, 어쩔 수 있나. 당신, 나, 그리고 병호 그 아이까지 이런 인연인 거지. 나는 그런 마음이야. 만수는 코를 훌쩍거렸고 희옥은 만수의 손을 잡았다. 한동안 만수의 얼굴을 바라보던 희옥이 물었다. 병호 그 젊은이의 부모 이야기는 어디서 들으신 거예요? 글쎄 어디서 들었더라? 경비실인가? 부동산인가? 옆집 노인이 말해줬나? 기억이 안 나네. 그건 중요한 것이 아니지. 만수는 자신의 손을 잡고 있는 희옥의 손등을 쓰다듬었다. 그런데 저 액자 속에 있는 사람 말이에요. 당신이랑 닮기는 했어요. 만수의 손을 놓으며 희옥이 말했다.

계란과 사과 그리고 소고기가 들어 있는 장바구니를 들고 병호가 돌아왔다. 병호에 대해 이야기를 나누던 만수와 희옥은 말을 돌릴 마땅한 화젯거리가 없어 멀뚱히 병호를 쳐다보았다. 무슨 말씀들을 나누고 계셨기에. 병호는 장바구니에 들어있던 것들을 꺼내 냉장고에 넣었다. 셋은 식탁에 둘러앉아 라면을 먹었다. 병호가 사과를 깎아 내어왔다. 희옥이 손을 뻗어 병호의 손을 잡았다. 병호는 접시에 포크를 놓다 말고 고개를 들어 희옥을 보았다. 남은 손으로 포크를 집어 든 희옥이 사과 한 쪽을 찍어 병호에게 건넸다. 사과를 받아 든 병호는 빙긋이 웃었다. 아들 얼굴 보니 좋지요? 병호가 물었고 희옥은 고개를 끄덕였다. 빈 그릇과 수저를 개수대 안으로 가져다 놓고 돌아서던 만수는 병호의 뒤에 서서 병호와 희옥을 바라보았다.

만수는 희옥이 고마웠다. 자기를 믿고 따라와준 것도 고마웠고, 마치 오랫동안 같이 지내온 사람처럼 자신을 당신이라 불러준 것도 고마웠다. 아내의 자리를 대신해달라 부탁하지도 기대하지도 않았다. 적적하지 않게. 외롭지 않게. 그 정도면 충분했다. 방을 따로 쓰는 것은 물론이었다. 속옷 차림으로 집 안을 돌아다니던 버릇도 고쳤다. 행여 무심결에 손 따위의 것이 희옥의 몸을 스칠까 봐 뒷짐을 지거나 주머니에 손을 넣은 채 지냈다.

처음에는, 정확히 말하자면 희옥을 만난 버스정류장에서 만수의 아파트까지 함께 걸어오는 5분 남짓한 그 짧은 순간에는 마음이 왔다 갔다 했다. 이게 도대체 무슨 일이야? 내가 지금 무얼 한 거지? 젊은 시절에도 성공은커녕, 시도도 해보지 않았던 일을, 하고 우쭐해하다가 괜히 데려왔나, 괜히 집으로 가자 그랬나, 하고 생각하다가 너, 이 늙은 만수야, 지금 무슨 짓을 하는 거냐? 젊은 시절에도 하지 않았던 짓을, 하며 자신을 책망하기도 했다. 하지만 이미 벌어진 일이었다. 같이 지내자, 말을 먼저 꺼내 데려와놓고 다시 나가라 할 수는 없었다. 내가 저 여자를 데리고 무슨 일을 벌이려 한 것은 아니잖아. 그 사람과 너무 닮아서 그래서 말을 붙였고 말을 나누다 보니 딱해서 같이 가자 그랬고 저 여자가 그렇게 하겠다 해서 지금 가고 있는 거잖아. 그렇게 된 거 아니야? 스스로 물었고 물론 그렇지, 하고 대답했다. 그때, 뒤따라오던 희옥이 만수를 불렀다. 이봐요. 천천히 좀 가요. 그렇게 빨리 걸으면 어떡해요. 내가 당신 걸음을 어찌 따라가요. 만수는 걸음을 멈추고 고개를 돌려 희옥을 보았다. 당신, 이라 하셨소? 만수가 물었다. 뭐라 불러야 할지 몰라서요. 아저씨라 할 수도 없고 할아버지라 할 수도 없고, 그렇다고 저기요, 하고 부를 수는 없어서, 에구, 내가 말실수를 했네요. 당신이라니. 죄송해요. 희옥은 아파트 화단의 철제 펜스를 붙잡고 서서 죄송하다 말했다. 죄송은 무슨, '당신' 그거 듣기 좋구먼, 천천히 오시오. 천천히 가겠소. 만수는 희옥과 발을 맞추어 걸었다.

마치 예전부터 함께 살고 있었던 사람 같았다. 밥그릇은 어디 있는지 접시는 어디에 있는지. 희옥은 만수에게 묻지도 않고 모든 것들을 찾아냈다. 미리 잘라둔 대파와 갈아놓은 생강, 심지어 물걸레 청소기의 말린 물걸레까지. 그걸 어떻게 알았소? 내게 묻지도 않고. 나 몰래 우리 집에 몇 번 왔던 것 아니오? 만수는 웃으며 농담을 했다. 살림하는 집이면 다 비슷하지요. 여자 마음이 어디 크게 다르던가요? 희옥은 마른 수건으로 접시를 닦으며 만수의 웃음소리를 들었다. 만수의 집으로 들어온 첫날, 희옥은 된장찌개를 만들었다. 조갯살 잘라둔 것 냉동실에 있지요? 된장찌개를 만들어 먹을까 하는데. 희옥의 말에 만수는 하마터면 손에 쥐고 있던 텔레비전 리모컨을 떨어뜨릴 뻔했다. 내가 조개가 들어간 된장찌개를 좋아하는 것을 어찌 알았소? 그걸 제가 어찌 알겠어요. 제가 해물된장찌개를 좋아하는 걸요. 희옥은 냉동실에서 조갯살을 찾아 꺼냈다. 만수의 집에서 된장찌개를 끓였던 여자는 희옥을 포함해서 단두 명이었다. 만수는 두 번 다 잘한 선택이었다는 생각을 했다.

희옥은 만수에게 만수의 아내는 어찌되었는지 묻지 않았다. 만수의 아내가 쓰던 물건을 스스럼없이 쓰면서도 이 물건의 주인은 어디 있느냐? 무슨 일이 있었던 거냐? 묻지 않았다. 만수가 대답할 수 없는 이야기였다. 만수는 그의 아내가 어디 있는지, 그의 아내에게 무슨 일이 있었던 것인지 알지 못했다. 희옥이 고마운 또 하나의 이유였다.

동네 마트 앞 버스정류장에서 서성이고 있는 희옥을 처음 만났을 때, 만수는 아주 오랜만에 자신의 심장이 뛰는 소리를 들었다. 어지러웠고 다리가 풀려 넘어질 뻔했다. 그 사람이 다시 돌아온 것 같았다. 넓은 이마에 휘지 않은 눈썹, 부은 듯 보이는 눈두덩에 낮은 콧대와 얇은 입술, 약간 틀어진 턱선, 하얀 얼굴 피부를 배경으로 섬처럼 떠 있는 검버섯까지. 만수가 기억하는 그 사람의 마지막 모습과 똑 닮아 있었다. 바람이 불었고 원피스 아래 희옥의 몸맵시가 드러났다. 후덕한 뱃살까지 똑같누. 심지어 옷과 신발까지. 저 땡땡이 원피스, 그 사람도 즐겨 입던 것인데.

만수는 희옥에게 말을 걸어야만 했다. 아내에게 처음 말을 걸었던 그날처럼. 어디 사시느냐. 만수가 물었다. 물어 뭘 하시려고. 희옥이 대답했다. 어디로 가려 하시느냐. 만수가 다시 물었다. 어디로 갈지 정한 곳은 없어요. 희옥이 여행가방 손잡이를 두 손으로 움켜쥐며 대답했다. 둘은 정류장 의자에 앉아 한참 동안 이야기를 나눴다. 희옥은 집을 나왔다고 했다. 특별한 이유가 있었는지 그냥 나왔던 것인지 캐묻지 말라 했다. 가족들도 그녀를 찾지 않았고 그녀도 가족을 찾지 않았다. 단정한 행색으로 보아 집을 나온 지 오래된 것 같지는 않았다. 어디서 지내느냐, 만수가 다시 물었고 희옥은 어디서 지낼지 알아보는 중이라 대답했다. 식당이든 술집 주방이든 일자리를 찾으면 지낼 곳도 생기지 않겠어요. 희옥의 말을 묵묵히 듣던 만수는 손을 뻗어 희옥의 여행가방 손잡이를 잡았다.

나 혼자 살고 있으니 집 꼴이 말이 아니오. 우리 집에 들어와 살면서 집안일을 해주지 않겠소. 나도 혼자 살기에 적적하기도 하고. 월급도 드리리다. 빈방이 있으니 거기서 지내면 될 것이고. 혹시나 그쪽 몸에 손을 대지나 않을까, 걱정하지는 마시오. 내가 그 정도로 나쁜 사람은 아니오. 게다가 이렇게 늙은 몸으로 무얼 하겠소.

희옥은 현관 옆 화장실 맞은편 방에 짐을 풀었다. 만수는 자신은 안방을 쓸 것이고 안방에도 화장실이 있으니 낮이 되었든 밤이 되었든 화장실을 쓰기 위해 그 근처를 어슬렁거릴 일이 없을 것이다, 걱정하지 말고 편하게 지내시라 말했다. 집사람이 쓰던 것이라며 이불과 베개를 가져다 주었고 희옥은 만수가 방에서 나가기를 기다렸다가 문을 닫고 편한 옷으로 갈아입었다.

방에서 나온 희옥은 먼저 집 안을 한 바퀴 돌아보았다. 마루와 식탁 아래에 몇몇 부스러기들이 있었고, 텔레비전 아래 장식장 위

약간의 먼지가 쌓여 있기는 했지만 남자 노인 혼자 사는 집치고는 정리가 잘 되어 있었다. 베란다에는 화분들이 꽤 있었다. 수수꽃다리, 콩콩 나무, 난, 테이블 야자. 그리고 수국. 어린아이 머리만 한 풍성한 분홍 수국 사이로 갈색이 언뜻 보였다. 수국이 질 때가 다 되어가고 있었다. 잎이 다 떨어지고 나면 마른 꽃만 남을 것이다. 그것도 나쁘지 않지. 부러 건드려 털어내지만 않는다면 다음 해 꽃이 필 때까지 나름 운치 있는 모습일 테니. 마른 잎사귀 몇 개가 떨어져 있었고 화분에서 흘러나온 붉은 흙이 베란다 타일들 틈에 끼어 있었다. 이 정도면 깨끗한 편이지. 깔끔한 사람이구나. 희옥은 생각했다.

베란다 한쪽 귀퉁이, 석곡이 보였다. 돌아서던 희옥의 눈에 석곡이 들어온 것은 하얗게 말라가는 잎사귀 때문이었다. 깍지벌레예요. 이 녀석들은 약을 뿌려도 잘 죽지 않아요. 더 퍼지기 전에 일일이 손으로 닦아내야 해요. 석곡의 잎사귀를 앞뒤로 들쳐보던 희옥이 뒤를 따르던 만수에게 말했다. 그러게 말이오. 그놈들 때문에 석곡 잎이 모두 말라버렸소. 이제 대만 남았소. 만수가 희옥의 말에 맞장구를 쳤다. 희옥은 고개를 돌려 만수를 보았다. 그래도 대 끝에서 새 대가 뿌리를 내밀고 있으니 다행이에요. 잎이 다 떨어지고 꽃이 피지 않게 되어도 대를 뽑거나 자르지는 마세요. 새로 난 대의 영양분이 된다 하대요.

베란다에서 나온 희옥이 주방으로 향했다. 설거지하고 엎어놓은 그릇들과 찬장 속의 그릇들을 살폈다. 냉장실 안 반찬통의 뚜껑을 열어 내용물을 확인했다. 희옥이 만수의 집에 들어온 첫날이었다.

콩나물무침을 반찬통에 담고 있던 희옥에게 만수가 말했다.

"혹시라도 병호가 옛날 일이라면서 함께 있었던 추억 이야기를 하거든 처음 듣는 모르는 일이라도 기억이 나는 척해주구려. 맞장구도 쳐주고."

"아휴, 어찌 그래요. 모르는 일을."

반찬통 뚜껑을 닫으며 희옥이 대답했다.

"기억이 안 난다, 잘 모르겠다, 말하는 순간부터 일이 커진다니까. 기억이 난다고 할 때까지 계속 말을 한다고. 말은 점점 많아지는데 그럴수록 모르는 것들이 점점 많아지는 거야. 가족사진 이야기를 꺼내면 젊었을 때 사진이라 못 알아보겠다는 정도로 얼버무리고. 이건 내가 아니다, 굳이 말할 필요는 없다는 말이야."

만수가 희옥에게서 건네받은 반찬통을 식탁 위에 내려놓으며 말을 덧붙였다.

"당신이 맞장구를 쳐주면 되겠네요. 나는 가만히 있을 테니. 그 콩나물무침 냉장고에 넣어요. 거기 내려놓지 말고."

"나는 그동안 들은 이야기가 많다 보니 이제는 새롭지도 않아. 어떤 이야기는 듣다 보면 정말 그런 일이 있었던 것 같기도 하고 말이지. 초등학교 시절에 같이 갔다던 경주 여행은 특히 그래. 같이 갔던 것 같기도 해. 그게 말이 돼?"

"알겠어요. 저도 노력은 해볼게요. 당신도 그만 보채시구요."

희옥의 당신, 이라는 말에 힘이 난 만수는 반찬통을 냉장고에 넣은 뒤 다시 베란다로 나갔다. 닦다 만 석곡의 잎을 물휴지로 마저 닦았다. 새로 난 대에서 뿌리가 뻗어 나오고 있었다. 만수는 분무기를 가지고 와 물을 뿌렸다.

늦은 오후 병호가 왔다. 병호는 길고 푹신한 큰 베개 하나를 가지고 현관에 들어섰다.

"두 분이 따로 주무신 적 없었는데 최근에 보니 각방을 쓰고 계신 것 같아서요. 무슨 일인지 몰라도 화해하세요. 두 분이 한 방에서 같이 주무셔야지요."

만수는 베개를 받아 들며 희옥을 보았다. 이야기는 천천히 하고 일단 들어와. 희옥이 병호에게 말했다. 만수는 거실 바닥에 베개를 내려놓고 아이처럼 두 손으로 이리저리 눌렀다 떼기를 반복했고, 병호는 방사능이 검출되지 않는 것으로 골라왔다고 덧붙였다.

"저녁을 차릴 테니 베개는 안방으로 가져다 놓으세요."

희옥은 만수에게 말하고 주방으로 향했다.

만수가 베개를 가지고 들어간 사이 병호는 집 안을 돌아다니며 기웃거렸다.

"이제 집이 집 같네요. 한동안은 꼭 어머니가 안 계신 집처럼, 그랬어요. 뭔가 정리도 안 되어 있고."

희옥은 고개만 끄덕였다. 냉장고에서 찬을 내어 식탁에 놓고, 수저를 놓았다. 방에서 나온 만수가 희옥을 도왔다.

"너희 엄마가 네가 좋아할 거라면서 콩나물국을 끓여놓았다."

"뭐하러 그런 이야기를 해요."

희옥이 만수를 보며 눈을 찡그렸고, 입에 맞을지 간이 적당할지 모르겠다는 말을 흘리듯 했다.

"이제, 정말 우리 엄마 같네. 지난번에는 정말 다른 사람 같더니. 아들 좋아하는 국도 만들어주시고. 감사합니다."

병호는 신이 난 듯 보였다. 아내와 아이들 이야기를 했다. 만수와 희옥에게는 모르는 이들에 대한 이야기였지만, 한편으로는 손주와 며느리에 대한 이야기이기도 했다. 만수나 희옥은 먼저 말을 꺼낼 수 없었다. 묵묵히 듣거나 가만히 웃거나, 그래? 그랬구나, 저런, 하고 추임새를 넣는 정도. 할 수 있는 것은 그 정도였다. 아이들 이야기, 아내 이야기, 직장 이야기 등 제법 많았던 병호의 이야기들은 그러나 길게 이어지지 못했다. 결국 식사 시간은 조용해졌고 숟가락과 젓가락 소리, 국을 떠먹는 소리, 밥알을 씹는 소리만 남았다. 한동안의 침묵 끝에 만수가 말을 꺼냈다.

"너 어릴 때 갔다던 경주 여행 이야기 좀 해보아라. 나는 많이 들었지만 네 엄마는 기억이 잘 안 난다 하는구나."

정확히 몇 학년 때인지 기억나지 않는다 했다. 방학은 아니었고, 버스를 타고 경주에 갔었다고 했다. 장발에 갈색 특수복을 아래위로 입은 아빠와 보이스카우트 단복을 입고 보이스카우트 모자를 쓴 병호, 나팔바지에 알록달록한 블라우스를 입고 노랗게 염색한 긴 머리를 한 엄마가 집을 나섰고, 버스정류장으로 걸어가다 보이스카우트 목걸이를 걸지 않고 온 것을 알게 된 병호가 보이스카우트 목걸이를 꼭 매고 가야 한다고 떼를 썼고, 결국 아빠가 다시 집으로 뛰어가 목걸이를 가지고 왔다고 이야기했다.

"그때 아버지는 그런 것 없어도 되니 그냥 가자며 버티셨죠. 아이가 원하는 것이니 가서 가지고 오라고 어머니가 아버지의 등을 떠밀었고요."

만수는 내가 언제 그랬냐고, 그럴 리가 없다고 발끈했다. 병호가 뭐라도 한마디 해달라는 표정으로 희옥을 바라보았다. 희옥은 병호와 만수의 얼굴을 번갈아 보다 입을 열었다.

"아버지가 그랬던 것 같아. 목걸이 따위는 없어도 된다고 했던 것 같은데."

"당신이 그걸 어떻게, 경주 여행에 대한 기억이 별로 없다면서. 당신이 그걸 어떻게 알아?"

만수가 거듭 물었고, 희옥은 아니에요, 기억이 나요, 하고 말을 이었다.

"날씨가 정말 좋았어요, 그날은. 모든 순간이 기억나는 것은 아니지만 몇몇 장면들이 떠올라요. 보문호수에 발을 담갔더니 손가락만 한 보리새우가 모여들었던 일, 김유신장군묘인지 어딘지 알 수 없지만 잔디밭에서 사진을 찍었던 일. 나하고 병호가 손으로 턱을 괴고 종아리와 발을 하늘로 한 채 엎드려 있었어요. 당신이 사진을 찍었지요."

병호는 맞다, 엄마 기억이 맞다며 손뼉을 쳤다.

병호가 돌아간 뒤 만수가 주방으로 들어와 희옥에게 물었다.

"조금 전에 했던 경주 여행 이야기, 지어낸 거요? 아니면 내가 전에 해줬던 이야기인 거요?"

설거지하고 있던 희옥이 고개를 돌려 만수를 보았다.

"글쎄요. 그냥 그런 장면이 떠올랐어요. 흔한 것 아닌가요? 다들 경주에 가면 그렇게 사진도 찍고 하지 않나요?"

주방 정리를 끝낸 희옥은 거실로 와 소파에 앉았다. 만수는 엉덩이를 들어 희옥의 반대편으로 한 뼘쯤 옮겼다. 소파 방석 두 개에 엉덩이를 걸치고 앉은 만수를 물끄러미 바라보던 희옥이 만수의 소매를 잡아끌었다.

"뭘 그렇게 어중간하게 앉아요. 이리 와요."

둘은 나란히, 다소곳하게 두 손을 앞으로 모았다. 텔레비전에서는 기름 없이 공기로 음식을 튀긴다는 요리 기구에 대한 설명이 나오고 있었다.

"세상 참 좋아졌어. 기름 없이 튀김을 만들 수 있다네. 하나 들여볼까?"

"아이고, 우리는 저런 것 공짜로 줘도 못 써요. 그냥 익숙한 대로 사는 게 젤 나아요. 당신 혹시라도 어디 가서 저런 것 사서 들고 들어오지 말아요."

희옥의 타박에 만수는 내가 언제 그런 적 있느냐 대꾸했지만, 대꾸의 앞뒤로 허허 하는 웃음이 붙어 있었다.

석곡의 새로 나온 대와 잎을 살피던 만수의 옆으로 희옥이 다가와 섰다.

"깍지벌레가 보이지 않아. 다행이야. 살겠어. 이놈."

쭈그려 앉아 있던 만수가 일어나 허리를 펴며 말했다.

"꽃을 볼 수 있겠네요. 정말 다행이에요. 샛노란 꽃이 정말 예쁜데. 제법 꽃잎이 두꺼웠지요. 썰어놓은 가래떡, 노랗게 물들인 가래떡 같았는데. 꽃을 보면서 입에 군침이 돌았던 기억이 나네요."

"그렇군. 그랬던 것 같아. 그렇지. 그런데 이놈 꽃을 본 적이 있소?"

희옥의 이야기에 맞장구를 치던 만수가 희옥에게 물었다.

"글쎄요. 본 것 같은데요. 어디서 봤더라. 이 나이 되도록 살아오면서 석곡 꽃 한 번 못 봤겠어요."

희옥은 대답하며 베란다 창고로 향했다. 갈색 노끈과 가위를 가지고 왔다. 석곡의 오래된 대와 막 자란 대를 아래쪽부터 노끈으로 묶었다.

"애들은 꽃이 달리고 나면 무거워져서 밑으로 축축 처져요. 서로 묶어놓아야 잘 쳐지지 않아요. 꽃도 더 예뻐 보이고. 그나저나 내일이 병호가 오는 날이지요?"

누구? 병호? 만수의 목소리가 너무 작아서 희옥은 만수가 대답을 하는 것인지 묻는 것인지 알 수 없었다. 내일이 26일이고 목요일이니 병호가 오는 날이 맞을 것이라 희옥이 말을 이었고 만수는 고개만 끄덕였다. 내일이 목요일이면 오늘은 수요일이고, 수요일은 재활용 쓰레기 분리수거를 하는 날이니 정리를 부탁한다고 희옥은 덧붙였다. 매듭을 확인한 희옥이 노끈과 가위를 창고에 가져다 놓고 돌아왔다.

"그런데, 그러면 당신과 나, 그리고 병호는 부모자식 하면서 사는 건가요. 이제부터?"

그렇지. 그 젊은이, 병호. 만수는 가슴팍이 아렸다. 오른 손바닥으로 명치 위를 지그시 눌렀다.

"이미 아버지 하겠다, 아들 하자, 말한 것을. 그때그때 맞춰서 살아야겠지. 부모는 부모의 기억으로 자식들은 자식들의 기억으로. 그렇게 말이야."

희옥은 만수의 얼굴과 가슴팍에 올려진 오른손을 번갈아 보다가 베란다 창밖으로 고개를 돌렸다. 창밖, 길 건너편 산등성이 붉은 해가 흔들리고 있었다.

"그런데 저기 저 해 지금 뜨고 있는 건가요, 지고 있는 건가요?"

A리그

대운

그러니까 말이지. 첫해에는 꽃잎이 하나로 두 번째 해에는 두 개로. 이런 식으로 말이지. 열 번째 해에는 열 개의 꽃잎을 가지고 꽃이 핀다면 말이지. 해가 갈수록 많은 꽃잎이 달리는 거지. 다음 해 그다음 해가 더 기대될 테고 말이지. 나이가 들수록 더 풍성한 꽃이 되는 거야. 그런 꽃 들어본 적 없어? 한 번 검색해봐. 우리 중에 네가 기계하고 제일 친하잖아. 대운은 오랜 친구의 말이 떠올랐다. 산에서 내려오며 친구가 말했다. 이렇게 내려가다 꽃잎이 육십 장쯤 달려 있는 꽃과 마주친다면 말이지. 이 꽃도 이 나무도 나랑 비슷한 연배군. 이렇게 반가워할 수 있지 않겠어? 몸통을 자르고 나이테라는 것을 헤아린 후에야 나이를 알 수 있다는 게 답답하지 않아?

친구가 자식을 따라 제주도로 이사를 하기 전까지는 종종 야구장에 함께 왔었다. 응원하는 팀이 달라 1루 측 관중석에도 3루 측 관중석에도 갈 수 없어 외야에 자리를 잡았다. 상대 팀이 안타를 칠 때마다 벌주로 한 잔씩 소주를 마시다 보면 어느새 얼굴은 벌겋게 달아올랐다. 8회 말 즈음이 되면 언제나 예전의 한국시리즈나 같이 올랐던 산에 대한 이야기를 꺼냈고 9회 말이면 이야기가 끝나갔다. 이게 말이지. 산을 오를 때는 보이지 않던 것들이 말이지. 내려올 때는 툭툭 눈앞에 튀어나온단 말이지. 그새 새로 생긴 것처럼. 그러니까 산은 오르는 것보다 내려올 때 잘 살펴봐야 한단 말이지. 그게 꽃이든 발에 걸리는 돌부리든. 친구는 특유의 '말이지'로 끝을 맺으며 대운의 어깨에 손을 얹고는 했다.

친구의 말이 떠올랐던 것은 꽃잔디 때문이었다. 외야석에 자리를 잡고 앉으려다 보라색 꽃잔디를 보았다. 무더기로 핀 것이 아니라 혼자 핀 것을 보니 아마 계절을 착각하고 일찍 나온 녀석인가 보다. 쭈그리고 앉아 세어보니 꽃잎이 다섯 장이다. 저 한 장 한 장이 일 년이라면 녀석은 다섯 살일 것이다.

노인복지회관에서 공짜표를 나누어주었다. 공짜표를 받아 든 노인들에게 같이 가자고 이야기를 해보았지만 선뜻 그러자는 사람이 없었다. 몇몇은 야구에 관심이 없었다. 손주들과 함께 가야겠다, 마음먹은 몇몇은 야구장에 가지 않을 것 같은 노인들의 손에 들린 공짜표를 살폈다. 이번 달에 인사이동이 있다며 이번에 승진하지 못하면 명예퇴직 신청을 해야겠다고, 하지만 걱정하지는 마시라는 아들에게 표를 보일 수는 없었다. 손주 녀석은 헬멧을 뒤집어쓰고 앞뒤로 손을 내지르며 게임을 했고, 아내는 침대에 누워 TV 홈쇼핑을 즐겼다. 더구나 아내는 햇빛이라면 질색을 했다.

대운은 혼자 야구장에 왔다. 공짜표 때문이기도 했고 집 근처 야구장에서 열리는 시합이기도 했지만, 무엇보다 새로 생긴 'A리그' 원년 개막전이라는 것에 마음이 갔다. 서울의 잠실운동장이나 돔구장에서 거창하게 열리는 것은 아니지만 개막전이니까. 대운에게는 한국 프로야구 원년 개막전이라는 추억이 있었다. 우리나라에서 프로야구가 처음 시작되던 그해, 개막전 야구장에 대운이 있었다. 좋아하는 팀의 어린이 야구단 점퍼와 유니폼, 심지어 야구헬멧까지 쓰고 버스를 두 번 갈아타며 야구장에 갔다. 펜스에서도 훨씬 위쪽의, 그것도 외야석에 가까운 3루 측 관중석이었지만 대운에게 그것은 중요하지 않았다. 프로야구단 어린이 회원가입과 개막전 입장권을 모두 가진 아이는 동네에서 대운이 유일했다.

아버지가 들고 온 컬러 TV로 처음 본 것은 고교 야구 결승전이었다. 어떻게 상의도 없이 저런 것을 살 수 있어요? 어머니는 목소리를 높였고 아버지는 별다른 대꾸 없이 담배를 입에 문 채 재떨이를 찾으러 안방으로 들어갔다. 대운은 신경 쓰지 않았다. 공을 던지는 선수와 배트를 휘두르는 선수를 보며 컬러 TV 앞에서 같이 던지고 같이 휘둘렀다. 2루에서 3루를 지나 홈으로 달리던 선수가 홈 플레이트에서 발목이 꺾였다. 아빠 큰일 났어요. 안방으로 뛰어 들어간 대운은 눈물을 훔치며 말했다.

그 시절 대부분의 아이들이 그랬듯 대운도 엄마를 졸랐고, 그 시절 대부분의 아이들이 가지지 못했던 어린이 야구단 회원가입과 개막전 입장권을 얻어냈다. 야구장 위로 떠 있는 애드벌룬을 바라보며 함성을 질렀다. 자리에서 일어나 가슴에 손을 얹고 애국가를 따라 불렀다. 완벽한 하루였다. 같이 갔던 아랫집 승우는 대운을 힐끔거리며 애국가를 불렀고 앞자리의 아이는 자꾸만 뒤를 돌아봤다. 검은색과 흰색이 섞인 비닐 바람막이 야구점퍼와 로고가 새겨진 야구헬멧 그리고 대운의 왼손에 끼워진 야구글러브는 그들이 가지지 못한 완벽한 하루의 조각들이었다.

대운의 완벽한 하루는 4회에 끝이 났다. 파울볼이 그들의 자리로 날아왔다. 글러브를 펼치고 왼팔을 뻗었지만, 공은 대운을 지나쳤다. 승우의 맨손으로 들어간 공은 햇빛을 받아 반짝였다. 승우가 쥐고 흔든 야구공의 붉은 실밥 사이로 가죽 냄새가 흘러나왔다. 대운의 완벽한 하루는 거기서 멈췄다. 4회부터 야구가 끝이 날 때까지, 집으로 돌아가는 버스 안에서도 대운은 승우의 공을 쳐다보며 한 번만 만져보게 해달라고 졸랐다. 승우는 당연한 듯 아니, 라고 대답했다. 승우가 글러브를 한번 껴보자고 했을 때 빌려줄 것을.

후회는 후회일 뿐 돌릴 수 없었다. 축 처진 어깨에 걸쳐진 바람막이는 먼지가 묻어 빛을 잃었고 헬멧을 쓰고 있기에는 버스 안이 더웠다. 덜컹거리는 버스 바닥에 떨어져 승객들의 발에 몇 번을 밟힌 글러브를 대운은 다시 끼기 싫었다.

그랬지. 운이 좋았던 적은 없었지. 대운은 등산 방석에 앉아 중얼거렸다. 글러브를 지나쳐 승우 손으로 들어갔던 파울볼을, 3등 이상 당첨되어본 적 없는 로또 복권을, 라디오 디제이가 읽어주지 않았던 엽서들을 떠올렸다. 적당한 성적으로 적당한 학교에 진학했고 적당한 직장에 취직한 뒤 적당한 아내를 만났다. 적당한 자식을 낳아 적당히 길렀다. 적당한 인생, 그저 나쁘지 않은, 저절로 주어진 것은 하나도 없는 인생이었다. 프로야구 어린이 회원도, 프로야구 원년 개막전 입장권도 조르고 졸라서 얻어낸 것들이었다. 공부나 취직도 그랬다. 안 될 일이 운이 좋아서 된 것은 없었다. 대운이 노력한 만큼, 대운의 아버지와 어머니가 해줄 수 있는 딱 그만큼이었다. 직장에서도 마찬가지였다. 대운의 능력이 모자라다 탓하는 사람은 없었으나, 능력 이상을 보여달라 어깨를 두드리는 사람도 없었다. 할 수 있는 만큼만 했고 그만큼만 인정받았다. 빠르지도 늦지도 않은, 회사 내규에 정해진 그대로 진급을 했고 퇴사를 했다. 다른 사람들이 별생각 없이 사놓았다던 아파트나 땅은 근처에 지하철역이 들어오고 도로가 생겼다. 대운에게 그런 일은 생기지 않았다. 대운이 집을 사면 딱 은행 이자만큼 집값이 올랐고, 대운이 집을 팔면 그다음 해부터 폭등을 했다. 이모할머니가 돌아가시면서 남긴 유산을 상속받았다는 꿈같은 이야기는 더더욱 다른 세상의 이야기였다. 태어날 때부터 꽃잎 다섯 장으로 정해진 꽃잔디의 꽃 같았다.

이 표는 그래도 제 발로 온 것이네. 대운은 노인복지회관에서 받은 공짜표가 귀하게 느껴졌다. 바지 주머니에 넣어두었던 것을 꺼내어 반듯하게 폈다. 지갑의 가장 깊은 곳에 끼워 넣었다. 애국가가 울렸다. 대운은 일어나 가슴에 손을 얹으며 주위를 둘러보았다. 바람막이 점퍼도, 로고가 그려진 헬멧도, 글러브도 없었다. 옆집에 살던 승우도, 뒤를 돌아보던 아이도 보이지 않았다. 작은 등산 방석 옆 꽃잎 다섯 장을 가진 꽃잔디가 보였다. 표를 끼워 넣은 탓인지 지갑이 들어 있는 뒤 호주머니가 두둑했다.

대운 뒤로 3미터 정도 떨어진 곳에는 이미 술자리가 벌어져 있었다. 부부 동반인지 모임에서 단체로 온 것인지는 알 수 없었다. 남녀의 수는 얼추 비슷했다. 그들은 야구 경기에는 관심이 없어 보였다. 통닭과 순대, 족발 등을 펼쳐놓고 주거니 받거니 술을 마시고 있었다. 대운이 그들을 살핀 것은 아니었다. 그들끼리 주고받는 말이 들렸다. 이런저런 것을 먹어보라는 이야기, 어떤 것은 누가 준비했다는 이야기, 박스 안에 있는 무엇을 꺼내 오라는 이야기들. 딱히 그들을 제지하거나 돌아서서 쳐다보고 싶지 않았다. 저렇게 놀기 위해 외야에 자리를 잡았을 텐데. 더구나 A리그 개막전이다.

관중이 많은 것도 아니니 그들이 누군가의 눈치를 보면서 놀 필요도 없다. 공짜표를 푼 덕분에 내야석에는 그런대로 관중들이 앉아 있지만, 외야석에는 드문드문 펼쳐진 술자리들과 중앙 펜스 앞쪽에 혼자 앉아 있는 대운뿐이다. 사람들은 외야석에는 관심을 보이지 않았다. 거기다가 A리그이니 홈런이 나올 리도 만무했다. TV 카메라가 외야를 비출 일은 없다.

'딱!'

뒷자리에 앉은 사람들이 주고받는 이야기 사이로 둔탁한 방망이 소리가 들렸다. 와, 하는 함성도 아닌 아, 하는 탄식도 아닌 마치 입을 닫은 채 어, 하고 내는 듯한 소리가 이어졌다. 그라운드에는 한 타자가 1루를 지나 2루를 향해 뛰었고, 중견수는 오른손으로는 햇빛을 가리고 왼손은 글러브를 펼친 채 위로 뻗으며 뒷걸음질을 쳤다. 공은 어디 있는 거지? 하늘을 바라보는 내야석 관중들의 시선을 따라 대운이 하늘을 올려보는 순간 퍽, 소리가 났다. 엄마야, 하는 소리까지. 대운의 뒤에서 술을 마시고 있던 그들의 술자리에 공이 떨어졌다. 홈런이다. 공은 통닭의 가슴살을 짓이기고, 족발 옆에 놓여 있던 새우젓 그릇을 뒤집고, 소주병 하나를 쓰러뜨린 뒤 굴러 내려왔다. 내야 관중석에서는 와, 하는 함성이 터져 나왔다.

퍽, 하는 소리와 엄마야, 하는 소리에 뒤로 고개를 돌린 대운의 눈과 그들의 눈이 마주쳤다. 두 눈 사이에 공이 있었다.

"홈런이다!"

누군가 외쳤다. 그들 중 한 명이 대운 쪽으로 몸을 던졌지만, 공을 잡지 못했다. 공은 굴러 내려와 대운의 엉덩이에 닿았다. 대운은 공을 집어 들었다. 대운은 방송국 카메라가 자신을 비추고 있다는 것을 아는 듯, 혹은 홈런볼을 주운 사람은 당연히 그래야 한다고 생각하는 듯, 일어서서 공을 들고는 홈을 향해 손을 흔들었다.

제 발로 찾아온 공이다. 그것도 파울볼이 아닌 홈런볼. 아랫집의 승우가 옆에 있어야 했는데. 내게도 이런 날이 오다니. 대운은 감격스러웠다. 손수건을 꺼내어 홈런볼에 묻어 있던 통닭과 새우젓을 닦아냈다. 그리고는 야구공 실밥의 냄새를 맡았다. 아직 새 공 냄새가 가시지 않았다.

"저기 한 번만 만져봅시다."

대운 쪽으로 몸을 던졌던 사람이 일어나며 대운에게 말했다.

"안 됩니다."

대운은 단호하게 대답했다. 그날 승우가 왜 파울볼을 만져보게 해주지 않았는지 이해할 수 있었다. 당연했다.

"거참. 그깟 공이 뭐라고."

그 사람은 한마디 내뱉고는 돌아갔다.

자리에 앉은 대운은 공을 내려놓고 핸드폰을 꺼내어 사진을 찍었다. 제주에 있는 친구에게 보여줄 요량이었다. 그때 유니폼을 입은 누군가가 다가와 대운 옆에 섰다.

"어르신, 홈런볼 주우신 분이시지요?"

"그렇습니다만."

뒤따라 유니폼 한 명이 더 왔다. 맞아? 맞아. 둘이서 이야기하고는 대운에게 말했다.

"어르신, 그 홈런볼, 홈런을 친 선수한테 주시거나, 사무국에 기증을 해주셔야 할 것 같은데요."

"네? 뭐라고요?"

"이게 다른 공도 아니고 A리그 원년 개막 첫 홈런볼 아닙니까. 여러모로 의미가 깊거든요."

공을 쥐고 있던 대운의 손이 떨렸다. 대운은 공을 바지 주머니에 끼워 넣었다.

"안 됩니다. 이게 어떤 공인데. 어떻게 나한테 왔는데."

만흥

기억은 날카로운 고드름이다. 화살촉 같은 끄트머리에 찍혀 상처가 나거나, 차가울까 두려워 만지지 못하는 것이다. 누군가 고드름을 떼어내 밑으로 떨어뜨렸을 때, 그것은 아래에 있던 만흥을 향해 사정없이 내리꽂혔다. 엉겁결에 내민 손바닥에 박혀버렸다. 고통은 잠시, 신경을 마비시키고 손을 얼려버리는 대신 기억은 손바닥으로 스며들어왔다. 만흥은 아직 뜨거웠다.

만홍의 고드름은 길었다. 10대 초반에서부터 30대 중반 구단에서 방출되어 야구를 그만두게 될 때까지. 야구라는 고드름은 만홍이 어디를 가나 만홍의 머리 위에 매달려 아래를 노려보고 있었다. 고드름을 떼어내 밑으로 떨어뜨린 것은 작년 겨울 구단으로부터 온 전화 한 통이었다.

지난겨울 구단으로부터 걸려온 전화가 누구누구를 거쳐 만홍에게 왔을지는 짐작할 수 있었다. 뛰어난 기록을 쌓고 은퇴한 녀석들은 방송국 해설자가 되었거나 연예인이 되었으니 당연히 거절했을 것이다. 그보다는 덜하지만, 착실히 경력을 만들었던 녀석들은 중, 고등학교 혹은 대학교 야구부의 감독이나 코치가 되어 있을 것이고, 그보다 못한 놈들 또한 하다못해 어린이 야구 클럽이라도 운영하고 있을 테니 선뜻 구단의 제안을 받아들이기 힘들었을 것이다. 구단으로서는 어쩔 수 없이 만홍에게까지 전화를 한 것이 분명했다. 자존심으로만 본다면 그때 만홍도 거절했어야 했다.

A리그라고 들어봤지? 이번에 우리 구단도 거기에 참여하기로 했거든. 정부 시책이니 협조해야지. 의미 있는 사업인 것 같기도 하고. 만홍이 같은 올드맨들에게 기회도 줄 수 있고 말이야. 어때? 같이하지 않을래? 구단에서 참여하기로 하자마자 만홍이 네 생각부터 났거든. 얼른 명단에 네 이름을 올려놨지. 정말이야. 네 야구 인생이 약간 아쉽잖아, 난 그걸 다 봐왔고. 이번 기회를 한 번 잡아보는 것도 좋을 것 같은데. 어때?

같이 입단했던 동기 녀석이었다. 입단 3년 만에 자신의 위치를 파악하고는 자청해서 구단 프런트로 옮긴 놈이다. 결론적으로 말하면 잘한 결정이었고, 지금은 구단의 실무를 책임지는 위치에 있다. 좀 더 노력해보지 않고 그렇게 쉽게 포기하냐며 녀석을 몰아붙였던 만홍이었다. 만홍이 구단에서 방출되던 날 방출 통보를 한 사람이기도 했다.

미안하다. 내 힘으로는 막을 수가 없네. 개새끼들. 1군에 한 번 불러주지도 않았으면서. 10년을 기다렸으면 충분하다네. 10년을 기다렸다는 말을 뱉어내는데, 나도 같이 자르라고 덤비려고 했지. 그런데 그랬다간 정말로 같이 자를 기세더라. 구단 성적도 형편없고, 모기업 실적도 안 좋고. 이래저래 시기가 안 좋네. 미안하다.

10년이라. 만홍은 25년을 기다렸다. 11살에 리틀 야구를 시작했다. 구단에서 방출당하던 해, 만홍은 36살이었다. 어머니를 졸라서 시작한 리틀 야구였다. 동네 아이들끼리의 시합에서 잘하고 싶었다. 멋져 보이고 싶었다. 만홍의 아버지는 잠깐 부는 바람이라 생각했다. 한동안 야구하다가, 또 조금 지나면 축구하다가 그러겠지. 너무 걱정하지 마. 그렇게 만홍의 어머니를 다독거렸다. 리틀 야구부의 코치가 집으로 찾아오기 전까지는.

음. 만홍이 어머님, 아버님. 어떻게 생각하실지 모르겠습니다만, 전문가적인 관점에서 봤을 때, 만홍이에게는 소질이 있습니다. 야구를 정말 좋아하기도 하구요. 무조건 성공한다고 보장할 수는 없지만, 지금처럼 열심히 하고 주위에서 잘 받쳐줄 수만 있다면 큰 선수가 될 수 있는 자질이 있어 보입니다. 제가 이 동네에서 리틀 야구부 코치를 한 지 5년이 되었는데, 그 5년 만에 나타난 아이입니다. 제대로 된 야구 교육을 받은 것도 아닌데 야구가 이미 몸에 배어 있습니다. 순간적인 반사 신경이나 감각도 뛰어나고요. 지난번 시내의 초등학교 야구부랑 친선 시합 때 말입니다. 그 초등학교 4번 타자가 제대로 우리 투수의 공을 받아쳤거든요. 공은 투수 옆을 스쳐서 2루 베이스 쪽으로 쭉 뻗어 나갔지요. 저는 무조건 안타다 하고 생각했는데, 글쎄 제가 지시를 하지도 않았는데 만흥이가 거기 서 있는 겁니다. 그리고는 그 공을 라인 드라이브로 잡아 버렸지요. 그래서 병살까지 이어졌고요. 나중에 제가 물어봤지요. 왜 거기 서 있었냐고요. 만흥이의 대답이 그 전 시합에서도 보니까 그 애가 친 것 중에 잘 맞은 것은 거의 2루 베이스 쪽으로 향하더라는 거예요. 그래서 두세 걸음 더 2루 베이스로 옮겨가 있었다더군요. 이게 야구 감각이라는 거거든요. 그 초등학교 야구부 감독이 제 친군데 뒤에 만나서 이 이야기를 했더니, 자기는 제가 시켜서 미리 수비 위치를 바꾼 줄 알았다, 그러더라고요. 그래서 말입니다.

코치의 칭찬은 길었다. 만흥을 야구 선수로 키워보면 어떻겠냐는 제안을 했다. 코치의 칭찬과 제안은 만흥의 가슴을 뛰게 했다. 코치가 돌아간 뒤 만흥의 아버지는 베란다로 나가 담배를 피웠고, 만흥의 어머니는 좀처럼 보지 않던 채널의 일일연속극을 말없이 보았다. 다음 날 만홍의 아버지는 정말로 야구가 좋은지, 야구 선수가 되고 싶은지 만홍에게 물었다. 네. 코치의 칭찬에 한창 마음이 들떠 있던 만홍이 대답했다. 두 달 후 만홍은 야구부가 있는 초등학교로 전학을 갔다.

어디를 가나 먼저 온 이들이 있기 마련이다. 전학생은 실력으로 그들을 설득할 수 있어야 했다. 만홍은 열심히 했지만 이미 자리를 잡은 주전들을 넘어서는 것은 힘든 일이었다. 경기를 하면 이겨야 했고, 이기기 위해서는 주전이 필요했다. 감독의 지시를 충실히 따르는 주전 선수. 코치는 만홍이 스스로 판단하는 야구 감각을 가졌다며 칭찬했지만, 감독은 만홍이 제멋대로 움직이는 건방진 녀석이라 생각했다. 그날 코치가 만홍에게 했던 칭찬은 만홍의 야구 인생에서 마지막 칭찬이었다.

그것으로 만홍의 야구가 끝난 것은 아니었다. 워낙 선수층이 얇은 한국 야구계 형편에서는 어떻게든 시합을 뛰어줄 선수가 필요했다. 야구부가 있는 중학교로, 고등학교로 진학하는 것은 어렵지 않았다. 게다가 만홍이 가지고 있다는 뛰어난 야구 감각이라는 것이 전혀 근거가 없는 것은 아니었다. 가끔 출전하는 시합에서 상상 이상의 경기력을 발휘할 때도 있었다. 현재의 감독에게 만홍은 지시를 듣지 않는 말썽꾸러기 비주전이었지만, 미래의 감독에게는 잘 키워보면 잘할 것도 같은 숨은 보석처럼 보이기도 했다. 데려가려는 팀이 없어 헤맬 즈음이면 꼭 누군가 나타나 만홍을 다음 단계로 데려갔다. 대학까지는 그렇게 진학할 수 있었다. 문턱에 걸려 대학으로 진학하지 못하는 많은 고3 졸업반 선수들을 생각한다면 만홍은 그나마 운이 좋은 편이었다. 어떻게든 대학까지 갔으니 부모들은 다행이라 생각했다.

대학은 그렇게 갈 수 있는 마지막 단계였다. 고등학교 시절에 프로 구단의 선택을 받지 못했으니 대학에서라도 눈에 띄었어야 했지만 그렇지 못했다. 쓸 데가 전혀 없는 것은 아니지만 그렇다고 탐나지도 않는 고만고만한 선수였다. 코치가 칭찬했던 야구 감각은 남아 있지 않았다. 만홍은 감독의 말을 충실히 따르는 선수가 되어 있었다. 만홍이 가진 장점이 사라지자 만홍은 아무것도 아닌 것이 되었다. 대학을 졸업한 해에 프로구단의 선택을 받지 못한 만홍은 입대를 했다. 야구와는 전혀 상관없는 전방에서의 2년이 지났다. 제대한 만홍을 불러준 것은 대학 시절 야구부 감독이었다. 지금 프로 구단의 2군 감독으로 와 있다. 네 생각이 나더라. 다시 야구를 해보지 않을래? 일단 연습생부터 시작해보자. 이렇게 끝내기에는 너무 아깝잖아. 만홍은 다시 야구를 선택했다. 그리고 10년간 연습생에서 2군 선수로, 2군 선수에서 방출 선수로 만홍의 야구 인생은 흘러갔다.

방출된 뒤에 만홍이 갔던 곳은 은퇴한 선배 야구선수가 하던 돼지갈비 집이었다. 처음에는 며칠만 도와준다고 시작한 것이 정직원이 되었다. 월급을 조금 더 올려달라고 불평하다가 잘렸다. 스크린

야구 게임방을 오픈해서 일 년을 버텼다. 장사가 그럭저럭 괜찮았다. 하지만 야구가 생각나서, 화가 나서 계속할 수가 없었다. 그 와중에 아버지가 정년퇴직을 했고, 아버지의 퇴직금으로 시작한 곱창 전골 체인점에서 일을 한 것이 6년이었다. 처음에는 장사가 서툴기도 했고, 지나온 시절에 대한 서로 간의 원망으로 힘들었다. 부모는 야구로 성공하지 못한 만흥을 탓했고 만흥은 처음부터 야구를 말리지 않았던 부모를 원망했다. 근처에 아파트가 들어서고 손님이 늘어나자 원망은 사라졌다. 바빠서 원망할 틈이 없기도 했지만 나름대로 만족스러운 현실에 서로를 보듬게 되었다.

그때 구단에서 전화가 왔다. A리그에 참여하기 위해 팀을 만드는데, 주전으로 참여하지 않겠냐는 제안이었다. 전체 인구에서 노인이 차지하는 비중이 35%에 달합니다. 어린이에게는 리틀 야구가 성인에게는 프로야구가 필요하듯이 노인들을 위한 야구 리그가 필요하지 않겠습니까? 하는 신임 대한야구협회 회장의 제안에 여러 프로구단들이 동의와 참여의 뜻을 보이면서 추진되는 리그였다. 명분은 그럴 듯했다. 그들에게는 그들만의 리그가 필요하니까. 그렇다고 65세 할아버지가 야구를 할 수 있는 것은 아니었다. 표면적으로는 45세 이상이면 누구나 참여할 수 있도록 하자는 것이었지만, 결국 선수층은 45세에서 많아야 50세 중반 정도 나이의 은퇴한 선수들로 이루어질 것이 분명했다. 그 정도면 노인층의 관심을 가져오기에는 충분했다. 구단들의 모기업이 보기에 나쁘지 않은 사업이었다. 노인 복지에 대한 명분과 젊은이보다 더 많은 자산과 구매력을 가진 노인들의 주머니와 그 주머니를 노리는 광고주들을 고려한 모기업들은 각 구단에 사업을 추진할 것을 지시했고 그렇게 되었다.

그리고 지금, 만홍은 2037 A리그 원년 개막전의 홈팀 2번 타자로 1회 타석에 서 있다. 25년을 기다려도 서지 못했던 정규리그의 개막전 타석에 만홍이 섰다. 지난 6개월간 달리고 던지고 휘두르며 몸을 만들었다. 만홍이 가진 실력을 보일 기회를 이제야 가졌다.

손바닥에 땀이 밴다. 심판에게 타임을 요청하고 타석에서 벗어난다. 송진을 손에 바른다. 다시 배트를 들고 한 바퀴 돌려본다. 다시 타석에 들어선 만홍이 투수를 노려본다. 상대 투수의 이름을 들어본 적 없다. 저 선수도 만홍의 이름을 모를 것이다. 상대 투수는 포수를 쳐다보며 고개를 가로젓는다. 또 한 번. 두 번이나 연속으로 투수가 고개를 가로젓자 포수가 심판에게 타임을 요청한다. 마운드로 올라간 포수와 투수는 고개를 끄덕이며 대화를 나누고, 포수는 다시 홈 플레이트로 돌아온다. 투수의 발이 높이 올라간다. 팔을 휘두른다. 직구인가? 변화군가? 공은 이미 포수의 글러브로 들어왔다. 스트라이크. 만홍은 자기가 생각을 너무 많이 하고 있다는 것을 안다. 두 번째 공이다. 스트라이크. 변화구다. 제구력이 좋다. 첫 번째 공은 뭐였지? 두 번째 공보다는 빨랐던 것 같은데. 그럼 직구였나? 오른쪽으로 고개를 돌려 1루 측 내야 관중석을 쳐다본다. 저 속에 만홍의 아버지와 어머니가 있다. 만홍이 첫 타석에서 삼진아웃을 당하더라도 그들은 감격스러울 것이다. 부담 갖지 말고 힘을 빼야 한다. 긴장하지 말자. 휘두르기라도 해야지. 투수의 다리가 올라간다. 글러브에서 손이 나온다. 팔을 휘두른다. 두 번째 공보다 빠르다. 직구다. 이거다.

'딱'

묵직한 반동이 손목을 타고 어깨로 전해져 온다. 공은? 공은 중견수를 향해 가고 있다. 1루로 뛰어가면서도 만홍은 고개를 들어 공을 찾는다. 햇빛에 공을 놓친 듯 중견수가 두리번거린다.

'와!'

함성이 쏟아진다. 펜스 너머 누군가가 일어서서 손을 흔든다. 그의 손에 무언가 들려 있다. 야구공이다. 홈런이다. 홈런.

A리그 원년 개막전 첫 홈런이자, 만홍의 프로야구 정규리그 통산 첫 홈런이다.

재기

노력해. 죽기 살기로. 넌 평생 갑으로 살아야 할 거야. 그 자리에서 내려오는 순간 아무것도 아닌 것이 될 테니까.

재기가 스포츠부에서 기상부로 자리를 옮기는 날, 회식 자리에서 아나운서실장에게 했던 말이었다. 스포츠 분야에서 15년 이상의 경력을 가지고 있던 재기를 한 번도 경험하지 못한 기상부로 발령한 것은 정상적인 인사이동이 아니었다.

혼자서 15년씩이나 하고 있으면 안 되지. 후배들도 키워줘야지. 관성에 젖어 있는 것 같기도 하고. 젊은 해설자들하고 호흡도 잘 안 맞는 것 같고. 이번 기회에 새로운 영역도 개척해보고.

재기의 독설에도 실장은 목소리를 높이지 않았다. 미리 준비한 듯 차분하게 대답했다. 혼자서 15년씩이나 하고 있다는 실장의 말은 거짓이었다. 스포츠부에서 실제 가장 활동적으로 일하는 연차는 5년에서 10년차였다. 재기는 이미 그들에게 대부분의 기회를 양보하고 있었다. 게다가 20년 정도의 경력이 되면 제 발로 현장에서 물러나는 것이 스포츠부 아나운서들의 전통이었다. 5년만 지나면 물러날 재기였다. 실장이 그것을 모를 리 없었다.

작년에 입사한 실장의 조카 때문이다. 녀석이 스포츠부에서 일하고 싶다고 했을 때 스포츠부의 제일 선임자인 재기가 반대를 했다. 이미 스포츠부로 들어오기로 내정된 신입 아나운서가 있었다. 체육대학을 나와서 대학원에서 방송을 전공한 신입이었다. 실장의 조카는 인류 고고학이 전공이었다. 물론 전공으로 부서를 나눠야 한다는 강제 조항은 없지만 인류 고고학과 스포츠는 서로 거리가 멀었다. 게다가 실장의 조카가 처음에는 자기를 뉴스부에 넣어 달라고 실장을 졸랐다는 것은 아나운서실 전체가 다 아는 이야기였다. 소문이 퍼지자 실장은 조카를 뉴스부에 넣을 수가 없었다. 차선으로 선택한 것이 스포츠부였다. 실장의 조카는 겉멋이 잔뜩 든 어린아이였다. 재기는 당연히 실장의 조카를 거부했다.

실장 조카의 일이 생기기 이전에도 실장과 재기는 종종 아나운서실 내에서 부딪혔다. 실장은 어린 여자 아나운서들을 데리고 회식을 하면서 종종 여자 아나운서의 손을 잡거나 무릎을 쓰다듬었다. 실장님, 이러지 마세요. 언젠가 한 여자 아나운서가 손을 빼며 말했다. 그래? 모든 것을 다 줄 각오를 해야 한다는 그 국회의원의 말 못 들었어? 그 정도 각오도 없이 아나운서실에 들어온 거야? 이러면 재미없어. 실장은 굳은 표정으로 여자 아나운서의 얼굴을 똑바로 쳐다보며 이야기했다. 그러고는 바로 표정을 바꿔서 웃으며 여자 아나운서의 어깨를 툭툭 치며 말을 이었다. 농담이야, 농담. 아, 이거 내가 실수했네. 실수했어. 미안해. 두 번 다시 이런 일이 없도록 오늘을 기억할게.

그때 한 테이블 건너 있던 재기가 일어섰다.

실장님, 지금 실장님이 하신 모든 말씀이 제게는 협박으로 들립니다. 정식으로 사과하시는 것이 좋을 것 같습니다. 실장은 재기를 빤히 쳐다보았고, 재기의 옆에 있던 후배가 재기를 당겨 앉혔다. 실장은 소주잔을 들어 입에 털어 넣고는 소주로 입을 헹궜다. 오늘따라 다들 예민하네. 입을 헹군 소주를 재떨이에 뱉어내며 말했다. 그 여자 아나운서는 몸이 좋지 않다며 먼저 자리에서 일어났다. 그날 이후로 일 년간 프로그램을 맡지 못한 그 여자 아나운서는 결국 지방 케이블 방송으로 이직을 했다.

기상부로 옮긴 재기가 할 수 있는 일은 없었다. 기상 방송은 이미 여자 아나운서들의 세상이었다. 15년 경력의 스포츠 베테랑 남자 아나운서가 진행하는 일기예보를 기다리는 사람은 없었다. 사연을 알고 있었기에 처음에는 모두 재기를 두둔하고, 격려하고 위로했다. 위로의 시간이 길어지면 위로를 받는 사람만 지치는 것이 아니다. 위로하는 사람들도 지치기 마련이다. 더구나 아무것도 할 줄 모르는 재기가 선배랍시고 옆에 앉아 이래라저래라 참견하기 시작하자 위로는 냉소로, 격려는 무관심으로 바뀌었다. 후배 아나운서들의 톡 방에서 돌고 있는 '재꼰'이라는 단어가 '재기 꼰대'의 줄임말이라는 것을 알게 된 어느 날 재기는 지역 케이블 방송국에서 일하는 친구에게 자리를 알아봐달라 부탁했다. 그날 실장이 재기를 불렀다. 정확히 5년 만이었다.

그래, 할 만해? 별명이 재꼰이라며. 그렇게 늙으면 안 돼. 요새 애들이 얼마나 영악한데. 할 줄 아는 것이 없으면 죽은 듯이 있어야지. 애들이 배고프다 하면 맛난 것 사주고. 그러면서 같이 놀아주기를 기다려야지. 그래야지. 아니면 갑이 되던가. A리그라고 들어봤지. 은퇴한 야구 선수들 모아다가 다시 야구하게 만든다는 거. 그거 개막전이 곧 열리는데, 사장님이 재기 아나운서가 해야 하는 것 아니겠냐고 하는 거야. 그래서 내가 안 된다고 했지. 자기도 알겠지만, 현장에서 떠난 지 너무 오래되었잖아. 감도 없을 거고. 세 시간씩 앉아서 떠들고 있기에는 체력도 안 될 것 같고 해서 말이야. 혹시라도 내가 반대했다고 나중에 섭섭해할까 봐 미리 이야기해주는 거야. 난 자네를 위해서 그런 거라고.

그 자리에서 실장에게 주먹을 날리는 것이 옳은 일일지에 대해 고민하다 결국 주먹을 날리기로 한 순간 실장 책상 위의 전화가 울렸다.

네, 사장님. 예? 제가 안 된다고 말씀드렸는데. 아. 예에. 그렇게 하겠습니다. 넵.

수화기를 내려놓은 실장이 재기를 바라보며 말했다.

예전보다는 잘 참네. 주먹이라도 한 방 날릴 줄 알았는데. 참을 줄도 알고. 예전에도 그랬으면 얼마나 좋아. 그리고 운이 조금은 남아 있나 봐. 사장님이 A리그 개막전 방송을 재기 씨한테 맡기라네. 저쪽 다른 방송국에서 자기랑 비슷한 연배의 아나운서가 방송을 한다고, 그래서 맞대응을 해야 한다나. 늙은이 잔치를 만들자는 거지. 뭐. 그게 취지이기도 하니까. 잘해봐. 혹시 알아? 고정으로 남을지. 리그가 계속되는 한.

다른 이야기는 들리지 않았다. 재기는 다시 방송을 할 수 있다는 것이 감사했다.

감사합니다, 실장님. 정말로 감사합니다.

— 정말로 오랜만에 뵙는 것 같습니다. 잘 지내셨지요? 저는 오늘 A리그 원년 개막전 중계를 맡은 김재기 아나운서입니다. 옆에는 해설가이시지요. 이승엽 선생님이 나와 계십니다. 안녕하십니까, 이승엽 선생님. 하하 이승엽 선수라고 불러야 하나요? 아직도?

— 선수라니요. 이제는 선생님 소리가 더 듣기 좋습니다. 지금 이 자리에서는 이승엽 해설가라고 해주시는 것이 더 좋을 것 같습니다.

— 그렇군요. 이승엽 해설가님, 어떻습니까? A리그 원년 개막전입니다. 원로 야구인으로서 감회가 어떠신지.

— 아, 정말 감격스러운 자리이지요. 그리고 적당한 시점에 적당한 리그가 열리는 것이라 생각합니다. 방금 저보고 원로 야구인이라고 하신 것처럼, 저도 이제 나이가 제법 들었지 않습니까. 저 같은 노인 인구가 많아졌지요. 예전에는 같은 또래의 젊은 사람들이 치고 달리고, 야구를 잘하는 것을 보면서 대리 만족을 느낄 수 있었지만, 요즘은 그렇게 느끼기 힘들거든요. 그냥 아이고, 잘하네. 이런 생각이 자꾸 듭니다. 야구를 평생 해왔다는 제가 이런 생각이 들 정도인데 다른 분들은 어떻겠습니까. 야구가 전 국민의 스포츠로 사랑받고 살아남기 위해서는 A리그 같은 리그가 꼭 필요하다고 생각합니다. 우리 김재기 아나운서께서는 그렇게 생각하지 않으십니까?

— 그렇게 생각합니다. 그런데 저는 한 가지 의미를 더 말씀드리

고 싶습니다. 오늘 출전 선수들을 보면 말이지요. 젊은 시절에 프로야구 정규리그에서 제대로 활약을 하거나, 유명했던 선수들의 이름이 잘 보이지 않습니다. 유명한 선수들이 나오지 않았다고 탓하는 이야기가 아니고요. 저는 오히려 이 선수들이 늦게나마 기회를 가질 수 있게 된 것에도 큰 의미를 둘 수 있지 않을까 생각합니다. 인생 100세 시대에 일찍 성공하는 것이 중요하겠습니까. 인생의 시간 중 언젠가 한 번 자신의 꿈을 펼칠 기회가 온다는 것. 정말 멋지지 않습니까?

— 잠시만요. 경기가 벌써 시작됩니다.

— 아니, 제가 해야 할 멘트를 해설가님이 하시면. 하하.

1번 타자는 내야 플라이로 물러났다. 관중은 KBO리그만큼 많지는 않았지만 재기는 현장에 있다는 것이 감격스러웠다. 이 경기는 극적으로 끝나야 한다. A리그는 흥행에 성공해야 하고 나는 A리그 전담 아나운서로 살아남아야 한다. 내가 가질 수 있는 마지막 기회다.

— 2번 타자는 이만홍 선수인데요. 혹시 이승엽 해설가님은 이 선수를 아십니까?

— 글쎄요. 잘 알지는 못합니다. 2군 리그에서 뛰었던 선수라고만 나와 있네요. 저와는 조금 멀어서. 하하하.

재기는 따로 기록해둔 수첩을 꺼내 펼쳐보며 말했다.

— 그렇지요. 제가 조금 알아본 바로는 2군에서만 10년 정도 있

었던 것 같습니다. 연습생 시절을 포함해서요.

— 그렇습니까? 저랑 아나운서와 역할이 바뀐 것 같네요. 제가 반성하겠습니다. 다음부터는 준비를 더 잘해오도록 하겠습니다.

— 그런 뜻은 아닙니다. 제가 조금 열심히 조사한 것뿐입니다. 오랜만의 중계거든요.

투수가 두 개의 공을 던지는 동안 타자는 배트를 휘두르지 않았다. 두 개의 공 모두 스트라이크였다.

— 이만홍 선수가 긴장을 많이 하는 것 같아요. 배트 한 번 휘두르지를 않네요.

다음 말을 기다리면서 카메라가 재기를 비추는 순간 만홍이 배트를 휘둘렀다.

— 때렸어요. 아, 잘 맞았어요. 잘 맞았습니다. 넘어갈 것 같지요? 넘어가나요? 갔습니다. 홈런입니다! A리그 원년 개막전 1호 홈런이 1회에 나왔습니다. 이만홍 선수의 홈런입니다. 이러면 이만홍 선수의 선수로서 프로 데뷔 첫 홈런이 되는 건가요?

재기는 자리에서 일어나 공이 넘어가는 것을 보았다. 자신의 성공적인 복귀를 축하해주는 축포였다. 옆으로 돌아보며 물었다.

— 그렇겠군요. 1군 경기를 뛴 기록이 없거든요. A리그도 하나의 정규리그로 창설된 것이니 개인 통산 1호 홈런이 되겠네요.

— 감격스러운 장면입니다. 인생에서 첫 홈런이 개막전 첫 홈런이라니요. 너무 영화 같은 이야기 아닌가요? 이만홍 선수, 지금 기

분이 어떨까요? 정말 좋겠지요.

외야 담장을 넘어 한 사람이 일어서서 손을 뻗고 흔들고 있었다. 홈런볼을 주운 사람이었다.

— 이승엽 해설가님. 저 공은 본인에게 주는 건가요? 이만흥 선수 본인에게는 큰 선물이 될 텐데요.

— 글쎄요. 주우신 분이 저 공을 내어놓을지 모르겠네요. 홈런볼을 줍는다는 것이 흔한 행운은 아니니까요.

제작진이 재기에게 앉아서 하라는 수신호를 보냈다. 재기는 자리에 앉으며 말했다.

— 그렇네요. 그렇기도 하겠습니다. 자, 그런데 진즉부터 궁금했던 건데요. A리그의 A는 무엇의 약자인가요? 협회 홈페이지에도 나와 있지 않던데.

— 글쎄요. 저도 공식적으로 들은 것은 없습니다. Aged의 약자가 아닐까요? 아니면 Adult일 수도 있겠고, After일 수도 있겠네요. 또 다른 것 생각나는 것 있으십니까? 제가 영어가 짧아서.

— 음, Awesome이 있네요. Awesome, 어떠십니까?

그대, 잘 가라

'넙닥넙닥'이라고 했다. 내과 의사인 친구가 말했다. 심장이 뛰는 소리를 의사들은 넙닥넙닥이라 한다고. 쿵쾅쿵쾅이나 쿵쿵 소리 내는 것 아니냐고? 실제는 조금 다르지. 청진기로 대어보면 심장은 분명 넙닥넙닥이라 말하고 있다고 했다. 어젯밤 환송식에서 성진에게 해준 말이었다. 무슨 이야기 끝에 그런 말이 나왔는지는 기억나지 않는다. 중요하지 않다. 그녀의 심장 소리에 집중할 뿐. 기억해야 한다. 홑이불을 감싸고 누워 있는 그녀의 가슴에 귀를 대어본다. 귀 한쪽을 가슴에 얹어 느낄 수 있는 것은 소리만이 아니다. 따뜻함. 포근함. 그녀의 심장 소리와 체온이 섞여 왼쪽 귀 안으로 들어왔다. 기억할 수 있을까? 이 소리를 다시 들을 수 있을까?

"뭐하는 거야?"

소리를 더 잘 듣겠다고 머리에 힘을 조금 더 주는 바람에 그녀가 눈을 떴다. 가슴에 머리를 대고 있는 성진을 보고 물었다.

"그냥. 당신 심장 소리를 기억해두려고."

칠 년 전 이 말을 했다면 손발이 오그라들었겠지만 지금은 그렇지 않다. 말하는 성진이나 듣는 그녀 둘 다 울컥했다.

"그러니까, 가지 말고 여기에 있으면 안 돼? 그러면 기억하지 않아도 되잖아. 매일매일 들을 수 있잖아."

칠 년 전 그날, 미국의 한 기업에서 칠 년 후 화성에 개척단 200명을 보내겠다는 계획을 발표했다. 성진은 퇴근길 적색 신호에 잠깐 멈춘 사이 폰에서 기사를 읽었다. 가슴이 쿵쾅거렸다. 의사가 청진기를 대어 들었더라도 넙닥이 아니라 쿵쾅이라고 들렸을 것이다. 화성에 가고 싶었다. 고민하고 판단한 것이 아니라 그냥 그러고 싶었다. 집에 돌아와서도 한참 동안 두근거리는 심장을 가라앉히지 못했다. 기사를 다시 읽었다.

미국의 한 기업이 칠 년 후에 화성에 사람을 보낸다네. 200명이나. 개척자로.

30분쯤 늦게 퇴근한 미진이 옷을 갈아입으려 안방으로 들어가는 것을 쫓아가며 성진이 말했다.

그래? 그런데 왜?

성진에게 가방을 건네며 미진이 물었다. 가방을 건네받은 성진은 가방을 든 채로 미진을 보았다.

아니. 뭐 그냥 그렇다고.

화성에 가려고? 가고 싶다고? 왜?

치마를 벗고 바지로 갈아입으며 미진이 다시 물었고 성진은 들고 있던 가방을 아무 생각 없이 어깨에 둘러메며 대답했다.

응. 이유는 이제 찾아봐야지. 자기는 그럴 때 없어? 이미 마음이 정해지고, 그 후에 머리가 이유를 찾는 것. 지금 그래. 갑자기 화성에 가고 싶어졌어.

음. 그럴 수도 있겠네. 나는 안 가. 혼자 가. 같이 가자고 하지 마. 그런데 내 가방은 왜 메고 있는 거야?

진지하게 이야기하는 거라고 성진이 다시 말했지만, 미진은 온종일 힘들었는데 자기까지 왜 쓸데없는 이야기를 하냐고 쏘아붙이고는 화장실로 들어갔다. 저녁을 먹고, 치우고, 둘째 아이 학습지 채점을 해주는 사이 두근거림은 잦아들었다. 마침 그날이 월요일이었고 피곤했던 성진과 미진은 아이들이 잠을 자러 방으로 들어가자 이야기를 나눌 새도 없이 잠이 들었다. 화성은 그렇게 잊힌 듯 했다. 그러나 다음 날 성진은 다시 화성을 떠올렸다. 다른 언론사의 기사를 복사해서 다시 올리는 것을 전문으로 하는 몇몇 인터넷 언론들과 공유하기를 즐기는 페이스북 친구들 덕분이었다. 페이스북 친구 중 누군가 '좋아요'를 누르고 한마디 댓글을 달았고, 성진이 거기에 '나도'라고 짧은 댓글을 올렸다. 이후로 여덟 번 정도 누군가가 거기에 무언가를 했다는 페이스북 알림이 있었다. 성진은 중학교 시절 연필 끝을 물어뜯었던 것처럼 볼펜 끝을 물기 시작했다.

개척자 정신? 신대륙을 찾아 북아메리카로 건너왔던 사람들을 동경하거나 부러워해본 적은 없었다. 위기를 넘기고 인류를 구한다든지, 미래를 위해 자신을 희생하는 공상과학 영화의 주인공이 되고 싶다고 생각한 적도 없었다. 성진은 '그냥' 화성에 가고 싶었다. 미진이 입버릇처럼 말하던 것. 이 세상에 가보지 못한 곳이 얼마나 많은데. 그런 곳들에서 한 달씩만 살아도 인생이 짧을 거야. 그것과 비슷했다. 거기에 성진의 성향이 보태어졌다. 성진은 저렴한 물건들을 자주, 많이 사서 쓰는 것보다는 그 돈들을 모았다가 제대로 된 좋은 것 하나를 사서 오래 쓰는 것을 선호했다. 한 번 하려면 제대로. 이왕 낯선 곳에서 살아보려면 화성 정도는 되어야지. 지구는 이미 많이 알지 않아?

성진은 영어회화 공부를 시작했다. 화성에 개척단을 보내겠다는 계획을 발표한 회사에 이메일을 보냈다. 관심을 가져주어서 고맙다는 말과 함께 3년 후 구체적인 모집계획, 선발요강 등이 나올 것이고 그때가 되면 성진에게 따로 내용을 알려주겠다는 답변이 왔다. 바닷물에 첫 발을 담그는 것이 어려운 일이지, 일단 담그고 나면 적어도 무릎까지는 젖을 각오를 해야 한다. 3년이면 영어는 가능할 것 같았다. 영어 공부가 어느 정도 궤도에 오르자 성진은 가족들과 자주 영어권 나라로 여행을 갔다. 성진은 영어를 써보기 위해서 가는 것이었지만 미진과 아이들에게는 여행이었다. 성진이 열심히 공부한 덕분에 가이드 없이 성진만 따라다녀도 의사소통에 어려움이 없었다. 아이들은 옹, 캐나이? 우쥬? 성진의 흉내를 내며 장난을 쳤다. 아빠, 미국사람 같아요. 큰 아이가 말했을 때 성진은 웃으며 '가튼 걸로는 아직 부조캐요' 하며 말장난을 했다.

고전 공상과학 영화에서부터 가장 최근에 나온 과학 다큐멘터리까지, 그리고 소설을 찾아 읽는 일도 성진의 일상이 되었다. 아이들이야 과학 영화를 보는 것을 좋아했지만, 미진은 로맨스나 액션 영화도 좀 보자며 가끔 투덜댔고 혹시 아직도 화성에 갈 생각을 하고 있는 거야? 하고 묻기도 했다. 성진은 웃기만 했다. 지원서를 내고 최종 합격이 결정될 때까지는 말하지 않을 생각이었다.

영화든 다큐멘터리든 소설이든 주인공은 물리학자이거나 생물학자, 기술자였다. 혹은 군인이거나. 성진에게는 그것이 고민이었다. 의지와 헌신만으로 화성 개척단이 될 수는 없는 것이었다. 영어야 배우고 익히면 되겠지만 어느 세월에 과학자가 되고 기술자가 된단 말인가. 다시 대학에 들어가 배우고 학위를 딴다 하더라도 학위만으로 화성에 가는 개척단이 될 가능성은 없었다. 영화나 소설 속의 인물들은 모두 그 분야의 최고 권위자이거나 그 정도의 실력이 있었다. 단순히 학위로 만들어지는 것은 아니었다. 단순한 이민자를 선발하는 것이 아니었기 때문에 진정 필요한 것은 성진을 개척단으로 뽑을 수밖에 없는 이유였다. 성진의 과제였다.

그래서? 환경미화원으로 화성에 가기로 했다고?

환송식이 끝날 무렵, 부산에서 올라온 오랜 친구 녀석이 테이블을 붙잡고 일어서며 성진에게 물었다.

왜 이래? 웃는 얼굴로 좋게 보내줘야지.

옆자리에 앉아 있던 친구가 옷을 잡아 끌어내렸지만 녀석은 성진의 대답이 나오기 전에 말을 이었다.

그러니까, 화성에 있는 쓰레기를 치우기 위해서 여기 있는 가족들이랑, 친구들을, 사람들을 버리고 화성에 간다는 거잖아. 너 인테리어 디자이너잖아. 우주선 꾸미러 가는 것도 아니고 청소하러. 이게 말이 돼?

회사에 첫 메일을 보낸 지 3년이 되던 해 회사로부터 연락이 왔다. 구체적인 계획과 모집요강이었다. 개척단 인원은 200명에서 150명으로 줄어 있었다. 모집기간은 1년간이었다. 1년 동안 모집해서 선발한 뒤 2년 동안은 연 4개월씩, 마지막 1년은 6개월 동안 미국 현지에서 훈련을 하는 조건이었다. 물론 선발이 되면 그 순간부터 회사로부터 임금은 제공되는 것으로 적혀 있었다. 문제는 성진이 지원할 분야였다. 예상했던 대로 모집대상은 공학자들, 과학자들 중심이었다. 성진은 인테리어 디자이너다. 인테리어와 관련된 것은 모집대상에 없었다. 물론 요리사, 간호사 등의 보조 인력도 있었지만 성진이 지원할 수 있는 분야는 아니었다. 당황하지는 않았다. 화성에 가겠다는 마음을 먹은 날부터 예상했고 풀지 못한 숙제였다. 모집요강을 보고 나니, 덕분에 영어 공부만 잘했네 하는 생각이 들었다. 화성은 무슨. 화성 이민자를 뽑을 때나 되면 가야겠군. 그때가 되면 늙어서 안 된다고 할지도.

허탈한 마음으로 뽑아놓은 신청서를 뒤집어 책상 한구석에 올려두고는 잊었다. 한 달이 지난 일요일 아침이었다. 열 시 즈음, 이불 속에 있던 성진에게 미진이 말했다.

자기, 오늘 자기 방 청소 좀 해. 거의 한 달 동안 손도 대지 않는 것 같던데. 출력해놓고 구석에 둔 저 종이들도 좀 버리고. 모두 재활용 통에 넣으면 되는 거야?

그렇네. 벌써 한 달이 지났네.

비수기라 일도 없었지만, 그나마 있던 일도 손에 잡히지도 않았다. 집으로 돌아와서는 방에 들어가지 않았다. 한 달씩 치우지 않았는데 지금에야 말하는 것을 보니 내 눈치를 꽤나 보았군. 미진이 말한 지 한 시간이 지난 후에야 성진은 침대 밖으로 나와 방으로 향했다. 이제 치울 때도 된 거지. 방문을 열자 퀴퀴한 냄새가 몰려나왔다. 커튼을 걷고 창문을 열었다. 커튼에서 떨어져 나온 먼지들이 창으로 쏟아지는 햇빛과 만나서 빛의 길을 만들었다. 성진은 숨을 참으며 그 길 아래 뒤집힌 채 책상 위에 놓여 있던 A4 용지를 잡고 털었다.

마스크 어디 있어? 미진이 현관 신발장 위 칸에, 라고 대답한 그 순간 성진의 머리에 '청소'라는 단어가 떠올랐다. 우주선이랑 개척단 숙소 청소는 누가 하는 거지? 사람이 쓰는 것이면 머리카락이며 각질이 생길 수밖에 없을 텐데. 성진이 보았던 영화나 다큐멘터리, 소설에서는 청소에 대한 이야기는 없었다. 먼지를 털어낸 지원서의 지원 분야 항목에도 청소와 관련된 것은 보이지 않았다. 기계가 하나? 로봇 기술이 그 정도로 발전되어 있나?

성진은 지원서의 지원 분야 항목 맨 끝자리, 기타 항목의 빈칸에 'Cleaner'를 써넣었다. 그리고 이력 항목에 디자이너가 아닌 '건물관리'를 써서 지원서를 제출했다. 얼마 지나지 않아 답장이 왔다. 그해 말 미국으로 와서 건강검진 및 면접을 보라는 것이었다. 뒤에 들은 이야기지만 성진이 제출한 지원서 기타 항목의 'Cleaner'를 보고서야 회사에서도 청소에 대해 고민하기 시작했다고 한다. 우주비행사 몇 명이 지내는 것만 경험을 했었기 때문에 대규모의 개척단이 이동할 경우 생길 수 있는 문제에 대해 충분한 인식이 없었던 것이다. 성진의 지원 자체가 회사의 입장에서는 고마운 지적이 되었다. 게다가 개척단의 대륙별 쿼터인 아메리카 50, 유럽 50, 아프리카 20, 아시아 20, 오세아니아 10과 남녀 비율 50:50을 맞추기 위해서 아시아인 남성이 필요했다고 한다. 중국이나 일본 출신의 아시아인이 지원을 많이 했지만 대부분이 기술자나 과학자였다. 그 분야에서 미국이나 유럽인들을 제치고 뽑히는 것은 쉽지 않은 일이었다. 성진이 면접 단계까지 오르게 된 것은 창의적인 지적을 해주었다는 평가와 현실적인 응시 상황이 고려되었다.

미국으로 오라는 답장이 온 다음 날 성진은 미진에게 이야기를 했다.

그래서 미국에 간다고? 상의도 없이 지원서를 냈다고?

미진은 들고 있던 맥주 캔을 내려놓으며 물었다.

일단 지원만 해본 거야. 합격할 수 있을지 확실하지도 않고 해서. 가지도 못할 건데 괜히 미리 말해서 자기 마음만 상하게 될까 봐.

성진의 변명이 미진의 마음속에 들어올 리 없었다.

마음 상할 줄 알면서 지원을 했네. 내가 자기를 몰라?

달래거나, 변명한다고 될 일이 아니라는 것은 성진도 잘 알고 있었다.

아직 최종적으로 결정된 것은 아니잖아. 검진이랑 면접 보러 오라는 거니까.

면접이면 거의 다 된 거지. 그리고 최종 합격 여부와 관계없이 자기 마음대로 원서를 낸 것 자체가 문제잖아. 어떻게 그럴 수 있어? 자기, 한 번 마음먹으면 하는 사람이라며. 이제 마음먹었으니 무조건 갈 거잖아.

내려놓은 맥주 캔을 잡고 있던 미진의 손이 떨리고 있었다. 성진은 맥주 캔이 머리로 날아오는 상상을 했다. 그 정도는 맞아도 된다고.

이제 겨우 발목까지 담근 거야. 무릎까지, 그리고 어깨까지 들어가는 동안에는 얼마든지 뒤로 돌아올 수 있어. 턱에 물이 닿을 즈음 건너편 섬으로 헤엄쳐 갈지 돌아서 해변으로 나올지 결정하는 경우도 있겠지. 강제로 끌려나올 수도 있고.

말도 안 되는 궤변 늘어놓지 마. 발목까지 담가봤으면 됐어. 이제 그만해.

연말까지는 시간이 있었다. 하루 만에 미진을 설득할 수 있으리라 생각하지도 않았다.

꼭 가겠다는 건 아니고, 이런 일이 있었다 하고 말하는 거야. 의논하는 거지. 연말까지만 결정하면 될 것 같아.

연말까지도 필요 없어. 오늘 결정한 거야. 앞으로는 두 번 다시 그 이야기 꺼내지 마.

그리고 성진이 너. 제수씨랑 이혼도 했다며? 화성이랑 결혼한 거냐? 제정신이야?

환경미화원으로 가는 게 말이 되냐 따지던 친구가 다시 말을 꺼냈을 때, 이번에는 다른 친구들도 그를 말리지 않았다.

사실이야? 왜? 이혼을 왜 해?

친구들이 물었다.

제수씨, 이 말이 사실입니까? 제수씨가 뭐 잘못한 게 있다고 이혼을 한단 말입니까? 아이들은요?

친구들은 이미 그의 편이 아니었다. 환송식은 성진에 대한 성토장이 되었다. 성진이 뭐라 대답할 수 있을까. 미진은 성진을 쳐다보았고, 성진은 고개를 숙였다.

미국으로 와서 건강검진과 면접을 보라는 답장이 온 그해 말, 성진은 미국으로 갔다. 물론 미진과 아이들과 함께. 성진이 검진과 면접을 보는 동안 미진과 아이들은 여행을 했다. 그리고 면접이 끝나고 나서도 한동안 그들은 그곳에 있었다. 함께할 시간이 얼마 남지 않은 사람들처럼.

성진이 면접 이야기를 꺼낸 이후 초조하고 답답해진 것은 미진이었다. 미진이 아는 성진은 이미 마음을 정한 사람이었다. 그는 그런 사람이었다. 미진과의 결혼도, 법과대학을 다니다가 그만두고 건축으로 전공을 바꿀 때도, 성진은 한 번 결정을 하면 그냥 쭉 가는 사람이었다. 미진은 자신이 결국 허락하게 될 것이라는 것도 알고 있었다. 지금은 인정하고 싶지 않을 뿐. 그리고 혼자 결정한 것에 대해서 화가 날 뿐. 화가 난다고 해서 그의 결정을 탓할 수는 없었다. 어차피 천년만년 같이 살 수는 없다. 죽음이 갈라놓든, 다른 변수가 갈라놓든. 이별은 예정되어 있는 것이라 말해오지 않았던가. 농담처럼 혹은 당연한 듯 던졌던 말들을 후회했다. 성진이 아닌 미진 자신이 먼저 다른 이유를 들어 선택할 수도 있었던 이별이기도 했다. 미진은 생각보다 쉽게 마음을 내려놓았다.

나는 자기를 아니까, 싫어도 받아들일 수 있다고 쳐.

면접을 보러 가야 했던 그해 가을 미진이 이야기했다. 성진은 뭐라고 대답을 해야 할지 몰랐다. 시간이 지나면 미진이 허락할 것이라는 것을 성진은 알고 있었다. 하지만 막상 미진이 '받아들일 수 있다고 쳐'라는 말로 허락을 했을 때 고맙다고 해야 할지, 가만히 고개를 숙이고 있을지 결정하지 못했다. 1분이 지났을까. 마음 한편에서 안도와 기쁨이 기다렸다는 듯 얼굴을 내밀었다. 성진은 어금니를 앙다물고 인상을 지어보려 노력했지만 양쪽 입꼬리가 슬며시 올라가는 것을 막을 수 없었다.

좋아? 그렇게?

아니 그게 아니고.

아니기는 뭐가 아니야. 얼굴에 써 있거든.

미진은 성진을 빤히 쳐다보았다. 혹시라도 그가 눈물을 보이면 다시 생각해보라 말하려 했는데. 성진은 울지 않았다. 심지어 눈이 붉어진다거나 목소리가 변하는 것도 없었다. 성진은 만족하고 있었다.

아이들에게는 뭐라고 이야기할 건데.

이 이야기를 누가 먼저 했는지는 정확하지 않다. 누가 먼저 했는지는 중요한 것이 아니니까.

아빠가 화성 개척단으로 간다고 하면 아이들은 더 자랑스러워하지 않을까? 언제든지 혹은 언젠가는 돌아올 수 있다고 생각하겠지? 그러다가 사춘기가 지나고 어른이 되어가면서 원망하거나 그리워하게 되겠지. 우주 너머 저기 화성에 아빠가 있다고.

지금 영화 시나리오 쓰고 있는 거야?

누가 묻고 누가 대답했는지 알 수 없었지만, 순서와 관계없는 이야기였다. 아이들 문제는 오히려 쉬워 보였다. 미진이 성진에게 '자기는 아이들이, 내가 그리우면, 보고 싶으면 어떻게 할 거야?' 하고 물었을 때 성진은 말을 돌렸다. 생각해본 적 없었기 때문이었다. 성진은 화성에 가는 것만을 생각했다. 두 번 다시 볼 수 없거나, 만질 수 없다는 상상은 하지 못했다. 영화에서 주인공들이 화상으로 이야기하고 모니터에 손을 대어 마주하는 것을 볼 때는 마음이 아리고 슬펐지만, 정작 자신이 그렇게 될 것이라는 생각은 들지 않았다.

아직 최종적으로 정해진 것도 아닌데 그런 걸 벌써 물어. 일단 아이들에게는 적당한 다른 핑계를 대자. 완전히 정해지고 나면 내가 직접 말할게.

겨울의 면접은 쉽게 끝났다. 회사는 필요 인원의 1.5배를 뽑았고 훈련을 시작했다. 2년 동안 연간 4개월의 훈련이 있었다. 두 번의 훈련이 있고 마지막 해 6개월의 훈련이 있기 전 최종적인 결정을 했다. 그동안 성진은 폐기물처리에 대한 자격증과 자원 재활용에 대한 자격증을 취득했다. 회사가 요구한 자격증은 아니었다. 성진이 최종 선발을 통과하기 위해 스스로 노력한 결과였다. 성진의 원서에는 'Cleaner' 앞에 두 가지가 덧붙여졌다. Coordinate various waste management and recycling. 그리고 가족 관계도 바뀌었다. '독신'으로.

최종 선발을 위해 회사에서는 새로운 지원서를 요구했다. 처음 면접을 보고 입사한 이후의 변화도 알고 싶어 했고, 구체적으로 그리고 현실적으로 개척단으로 화성에 가는 것이 적당한 사람인지를 판단하고자 했다. 훈련 성적도 물론 중요했지만 화성으로 출발한 이후에는 돌이킬 수 없는 것이기 때문에 각 개인의 각오나 혹은 마음가짐, 심리 상태에 대해서도 재평가를 할 필요가 있었다. 그때 성진이 미진에게 이혼을 이야기했다.

이혼하자, 우리.

최종 선발에 뽑히기 위한 것은 아니었다. 정확하게 말하면, 그것만이 이유는 아니었다. 성진의 변명이기도 했다. 내가 지금 이혼하려는 것은 최종 선발 때문은 아닌 거야. 그렇지. 이렇게 스스로에게 확인시키고는 미진에게 말했다.

뭐라고? 내가 잘못 들은 거지? 지금 이혼이라고 한 거야?

잘못 들은 거 아니야. 이혼하자. 우리.

갑자기 무슨 소리야. 남녀 비율을 맞춰서 간다고 하더니, 벌써 화성에서 같이 살 사람이 생긴 거야?

미진은 농담으로 대하며 넘어가려고 했지만, 성진은 진지했다.

화성으로 가면, 또 가다가 어찌될지도 모르는데, 실종인지 사망인지도 확실하지 않을 텐데, 곁에 있지도 못하면서 자기를 법적으로 옭아매고 싶지는 않아. 나는 나 하고 싶은 대로 하면서 자기 보고는 영원히 내 아내로 있어달라고 할 수는 없는 일이잖아. 재산이나 보험 같은 보상의 문제도 복잡해질 거고. 이혼한다고 자기를 사랑하는 내 마음이 변하는 것은 아니니까. 그리고 시간이 지나면 자기도 다른 누군가에게 기대고 싶어질 때가 올 수도 있고.

마치 미리 외워놓았던 것처럼 성진이 말을 쏟아냈다.

정말 잔인하다, 성진 씨. 알고 있지? 지금 자기가 나한테 무슨 짓을 하는 건지.

성진과 미진은 이혼을 했다. 성진이 먼저 이혼을 원했고, 미진은 그날 이후 이혼을 원했다. 더 이상 성진에게 얽혀 있고 싶지 않았다. 분노했다. 경제적인 문제, 법적인 문제들에 대해서 성진이 이야기를 했지만 그것들이 귀에 들어올 리는 없었다. 이혼을 이야기해도 미진이 먼저 해야 하는 일 아닌가? 어떻게 성진의 입으로 이혼을, 뻔뻔하게. 이혼 도장을 찍던 그날 미진이 말했다.

이렇게, 화성으로 떠나는 그날부터, 깔끔하게 남남이 되는 거다. 예전에 좀 알았던 사람 정도로. 아이들의 아빠였던 사람 정도로.

성진은 최종 선발을 통과했다. 창의적인 아이디어를 제공했고, 훈련도 충실히 이행했으며, 준비기간에도 회사를 위해 자기계발을 해왔고 영어를 잘하는, 이혼남이면 충분했다.

마지막 6개월의 훈련을 위해 미국으로 떠나는 날 미진은 공항으로 배웅을 나가지 않았다. 아이들도 물론 데리고 나가지 않았다.

성진이 배웅해주지 않을 거냐고 물었을 때, 미진이 대답했다.

우리 이혼했어. 잊지 마. 나는 당신 아내가 아니고 당신은 내 남편이 아니야. 아이들의 아버지였던 사람일 뿐. 그 이상을 내게서 기대하지 마.

미국으로 가는 비행기 안에서 성진은 처음 울었다. 옆에 앉아 있던 외국인이 승무원을 불렀고, 승무원이 옆에 붙어서 한참을 다독거린 뒤에야 울음을 그쳤다. 성진은 미진이 정을 떼기 위해서 그런 것이라 생각하지 않았다. 정말로 자신이 미워진 거라고, 싫어진 거라고 생각했다. 억울하지는 않았다. 자신이 결정한 것이니까. 다만 슬펐다. 혹은 그 상황에서 이런 장면 하나쯤은, 이런 감정의 폭발이 한 번쯤은 있어야 하는 것이라고 믿었는지도 모른다. 영화에서 보았듯이, 소설에서 읽었듯이 가슴 아픈 이별 장면이 있어야지. 그래야지. 나는 미진이 나를 미워하게 만들고 가는 거야, 그리워하거나 미련을 갖지 않게 하려고 내가 일부러 만든 거야, 하고 스스로에게 만족했을 수도 있겠다.

제수씨, 이 말이 사실입니까? 제수씨가 뭐 잘못한 게 있다고 이혼을 한단 말입니까? 아이들은요?

성진의 친구가 물었을 때 성진보다 먼저 미진이 대답을 했다.

제가 이혼해달라 했어요. 언제 돌아올지도 모르는데 저만 억울하게 기다리고 있을 수는 없잖아요. 이 사람 떠나고 나면 저도 좀 자유롭게 지내보려고요. 비록 화성에는 못 가지만, 지구도 넓은데 돌아다니다 보면 더 멋진 남자를 만날 수도 있지 않겠어요.

친구들이 웅성거렸다. 성진은 옆에 있는 미진을 쳐다보았다.

아이고. 잘했습니다. 맞는 말이지요. 솔직히 그동안 우리끼리 제수씨가 아깝다는 말을 많이 했었습니다. 진즉에 갈라섰어야 했는데 아이들 때문에 지금까지 버틴 것 우리가 다 압니다. 그동안 고생했습니다. 이제 저 놈 화성가고 나면 미진 씨 인생을 사십시오, 저는 미진 씨의 인생을 응원합니다. 파이팅입니다.

웅성거리는 친구들 사이에서 한 녀석이 이렇게 말하자 여기저기서 맞네, 맞어, 하는 소리가 나왔다. 미진은 웃었다. 성진은 미진이 그렇게 크게 웃는 것을 본 적이 없었다. 자신을 쳐다보는 성진에게 미진이 말했다.

왜? 놀랐어? 나 원래 이런 여자였어. 자기 부인일 때는 달랐지만. 이제 원래 모습으로 돌아가려고.

말은 차가웠지만, 미진의 손은 아직 성진의 손을 잡고 있었다.

마지막 훈련이 끝나갈 무렵 성진이 미진에게 전화를 했다. 앞으로의 일정 정도는 알려야 할 것 같았다. 메일로 보낼까 했지만, 평소 메일을 잘 열어보지 않는 사람이란 걸 생각해내고는 전화를 걸었다. 6개월의 훈련 동안 아이들과는 몇 차례 통화를 했었지만, 미진에게는 하지 못했다. 아이들을 통해서 안부를 묻는 정도였다. 미안해서, 그리고 겁이 나서.

나 다음 달 2일에 한국에 들어가. 그리고 12일에 나와. 16일에 화성으로 갈 거야.

화성 가는 걸 무슨 동네 산책 가듯이 이야기하네. 훈련을 열심히 했나 보네. 들어와서는 어디서 지낼 건데?

어디서라니. 집에서 지내야지.

여기 당신 집이 어디 있어?

아직 화가 나 있는 거야?

화라니. 어차피 남남인데. 며칠 재워줄 수는 있어. 뭐야, 지금 소심해진 거야? 그렇게 호기롭게 화성에 가겠다고 이혼을 이야기하던 사람이 이게 뭐야?

그녀의 목소리는 예전으로 돌아와 있었다.

고마워. 공항에 나올 필요는 없어. 내가 알아서 들어갈게. 현관 비밀번호는 그대로지?

확 바꿔버리려다가 참았거든. 다음 달이면 정말로 바꾸려고 해. 아니면 이사를 가든지.

아내였던 시절의 그 목소리, 그 말투였다.

그건 그렇고 당신 환송식 같은 것은 안 해? 환송식? 그래. 환송식. 자기 친구들이 자꾸 전화가 와서 물어보네. 그냥 보낼 거냐고. 마지막이 될지도 모르는데 얼굴은 한 번 봐야 하는 것 아니냐고.

몇 군데 언론사에서 인터뷰 신청이 들어왔을 때도 성진은 응하지 않았었다. 요란하고 싶지 않았다. 몇몇 친했던 친구들과 예전

직장동료들에게 전화로, 메일로 인사를 전하는 정도로 지구에서의 생을 끝내려 했었는데. 무사히 화성에 가게 되면 그때 알리고 싶었다.

요란하게 지구를 떠나고 싶지는 않은데.

어쩔 수 없어. 자기가 바쁠 것 같아서 내가 장소랑 시간이랑 다 정해서 준비해놓았으니까 그렇게 알고 있어. 사람이면 인사는 하고 가야지. 아무리 지구에서의 생이 힘들었다고 해도 말이야.

내가 뭐 죽으러 가?

남은 사람 입장에서는 죽으러 가는 거랑 똑같거든. 자기가 영상 메시지라도 보내오면 유령을 보는 느낌이 들 것 같은데.

그렇게 잡힌 환송식 자리였다. 무슨 마음이 들었던 것인지 미진은 제법 많은 사람들에게 연락을 했다. 장소도 호텔 연회장이었다.

그냥 고깃집이나 하나 빌리지 그랬어. 이건 조금 과한 것 아닌가?

성진은 연회장에서 친구들을 기다리며 미진에게 말했다.

장례식장으로 만들고 싶지 않아. 슬퍼하고 아쉬워하면서 보낼 거면 장례식장을 빌렸을 거야. 그냥 마음 편하게 가라고. 즐거운 마음으로. 하긴 당신은 항상 즐겁지만, 나는 이렇게라도 해야 마음이 편할 것 같아. 왜 사람들이 비싼 장례식장을 빌리고 비싼 수의를 입히고, 비싼 관을 사는지. 그 마음을 알 것도 같아. 아직도 잘 모르겠어. 당신을 잡아야 할지, 그냥 보내주어야 할지. 눈물을 흘려야 할지, 욕을 해야 할지.

제법 넓은 연회장이 친구들로 꽉 찼다. 상갓집 둘째 날처럼 북적거리고 웅성거렸다. 여기저기서 오랜만에 보는 친구들끼리의 인사가 있었고, 성진이 덕분에 얼굴을 다 보네, 하는 신소리도 있었다. 미진이 미리 말해둔 고향친구 녀석이 사회를 보았다. 성진과 미진의 결혼식 사회를 보았던 친구였다.

자, 자. 친구들아 조용히 좀 해라. 성진이 친구면 모두 내 친구니까 혹시 내가 중간에 반말로 사회를 보더라도 기분 나빠 하지 마라. 혹시 선배님이나 연장자가 계실 수도 있는데, 오늘은 성진이를 보내는 날이니 화가 나시더라도 참으시고 잘 보내주는 데 집중해 주십시오. 알겠지요.

미진이 가지고 있던 것들, 친구들이 제공한 사진들로 만든 동영상 상영이 있었다. 영상에는 고향친구부터 대학친구, 직장동료들이 나와서 한마디씩 성진에게 말을 건네고 있었다. 격려부터 섭섭함까지, 잘 가라는 이야기들. 그리고 미진과 아이들의 영상 메시지가 이어졌다. 천문대에 올라서 천체 망원경으로 화성을 찾는 미진과 아이들의 모습, 화성에서 새로운 세상을 열어갈 아빠가 자랑스럽다는 큰아이의 말이 이어졌다. 화성을 사람들이 잘 살 수 있는 행성으로 만들어서 꼭 자기들을 초대하라는 이야기를 했다.

이 영상은 USB에 담아서 성진이에게 전해줄 겁니다. 화성에서 지내는 동안 혹시라도 우리가 보고 싶으면 볼 수 있도록 말이지요.

그런데, 지금 저 녀석은 이상합니다. 이쯤이면 눈물 한 방울 정도는 흘려야 하는 것 아닌가요? 남아 있는 입장에서는 화성이 하늘에 있는 것이니 하늘나라로 가는 것 같아서 마음이 아픈데, 저 녀석은 꼭 웃고 있는 것 같단 말입니다. 원래 돌아가시는 분들은 기분 좋게, 후련한 마음으로 간다고 하더니 그런 건가요?

일부는 웃었고 일부는 욕을 내뱉었고 일부는 인상을 찌푸렸다.

제수씨도 오늘 보니 얼굴에 화색이 돕니다. 드디어 싱글로 돌아가는 건가요? 그래서 기분이 좋은 건가요?

사회 보던 친구의 농담에 격분한 친구들이 소리를 질렀다.

야! 내려와. 저 새끼 끌어내려. 지금 뭐하는 거야.

이미 술을 한잔씩 마신 친구들이었다. 성진은 그 와중에 자신도 싱글이라는 생각을 했다.

아. 제가 농담한다고 한 것이 친구들 마음을 아프게 했나 봅니다. 말은 그만하고, 성진이를 위해서 우리가 다 같이 노래를 한 곡 불러줬으면 합니다. 다들 아시는 노래입니다. 반주 나갑니다. 제목은 '그대 잘 가라'.

환송식장은 아수라장이 되었다. 사회 보던 녀석은 끌려 내려왔고, 미진이 마이크를 건네받아 모두 진정해달라고 몇 번 이야기하고 난 이후에야 조용해졌다. 성진은 성진대로 미진은 미진대로 테이블을 돌면서 친구들과 인사를 했다. 미진은 위로를 받았고 성진은 분노와 아쉬움, 섭섭함을 받았다.

"그러니까, 가지 말고 여기에 있으면 안 돼? 그러면 기억하지 않아도 되잖아. 매일매일 들을 수 있잖아."

미진이 가슴에 얼굴을 대고 누워 있는 성진의 머리를 쓰다듬으며 말했다. 안 될 일이라는 것을 알고 있었지만 마지막으로 해보는 시도였다. 성진이 말했다.

"부탁이 하나 있어. 녹음이 가능한 청진기가 있다고 들었어. 친구한테 부탁해놓을게. 그거 하나 사서 가지고 가서 자기랑 아이들의 심장 소리를 녹음해달라고 해. 그리고 그 파일을 보내줘. 정기적으로. 화성에서 그 소리라도 듣게."

미진은 쓰다듬던 손을 거둬들였다. 일어나 앉았다. 성진의 머리는 가슴에서 흘러내렸고 홑이불 위로 떨어졌다.

"다시 생각해보라는 말에는 손톱만큼도 움직이지 않으면서 애틋함만 남겨주고 가려고? 나만 아파하라고? 당신 원래 그런 사람이잖아. 심장 소리 따위 들으면서 혼자 슬퍼하고 그리워하는 척할 거 아냐. 자기는 사랑과 인생 사이에서 고민하고, 어쩔 수 없이 사랑을 포기하고, 그 아픔을 이기고 일을 선택한 멋진 사람이라고 생각하겠지. 그러고는 두 번 다시 볼 수 없는 사람들을 그리워하는 거지. 당신은 그걸 즐기는 거야. 내가 왜. 내가 왜 내 심장 소리를 당신한테 보내주고는 녹음은 잘 되었는지, 파일이 잘 갔을지, 당신이 듣고 많이 울지는 않을지 생각하고 걱정해야 하는데. 난 싫어."

미진이 쏟아낸 말은 성진의 기억 속에서 미진의 심장 소리를 밀어냈다.

"넌 나쁜 새끼야. 부모님 반대를 무릅쓰고 나랑 결혼했을 때도, 잘 해야 지방법원에서 벌금 날리는 당직판사거나 못 되면 월급쟁이라는 독설을 날리며 전공을 바꿨을 때도 넌 나쁜 새끼였어. 남아 있는 사람들은 안중에도 없지. 어제는 환송식이 아니라 차라리 장례식이었어야 했어. 나쁜 자식. 우리가 너를 잃는 것인지 네가 우리를 잃는 것인지. 한번 잘 견뎌봐. 어제 좋은 노래 한 곡 나오데. 그대로 말해줄게. 그대, 잘 가라."

밴타블랙 99.695%

행사장에 도착하려면 세 블록을 더 가야 했다. 평소 같으면 몇 분 걸리지 않을 거리지만 오늘은 달랐다. 가깝지 않은 도시들에서 온 전세버스들은 사람들을 내려놓았고 주차할 곳을 찾아 느리게 움직였다. 왕복 2차선 도로는 꼬리를 물고 늘어선 차량으로 가득했다. 카키색 조끼를 입은 운전사는 운전석 창틀에 팔꿈치를 올리고 손바닥으로 턱을 괴고 있었다. 가끔 고개를 창밖으로 내어 앞뒤 상황을 살폈지만 투덜거리지도 않았고 그렇다고 다른 경로를 고민하는 것 같지도 않았다. 콜택시 호출 알람이 간간이 울렸지만, 신경 쓰지 않는 듯했다. K는 운전사가 듣지 못했을 수도 있다 생각했다. 미터기 위, 태블릿에서 재생되고 있는 유튜브의 동영상 소리가 컸다. K는 동영상을 보고 싶지 않았다. 고개를 창밖으로 돌렸지만, 소리를 피할 수는 없었다. 게다가 3, 4분 정도의 꼭지가 끝날 때마다 동영상 속 대담자들이 반복하는 구호는 걸그룹 노래들의 후렴구처럼 중독성이 있었다. 언젠가부터 K는 창밖을 보면서도 한 꼭지가 끝날 즈음이면 호흡을 멈추고 구호를 따라 할 타이밍을 찾고 있었다. 대담자들이 큰 소리로 구호를 외칠 때 K도 구호를 살짝 뱉어냈다. 우리가 팩트다.

K도 마찬가지였다. 굳이 예정된 시간보다 앞서가야 할 이유는 없었다. 이미 여러 번 사전 답사를 했던 터였다. 계획한 동선을 머릿속으로 확인하고 점검하는 것으로 충분했다. 어제 저녁과 오늘 아침 두 번의 가상 시뮬레이션은 완벽했다. 택시로 이동하는 동안 마지막으로 한 번 더 해볼 예정이었다. 그러지 못했다. 유튜브 동영상의 소리와 반복적인 구호, 불규칙적으로 울리는 알람소리 때문이다. 결국 가만히 있기로 했다. 으음, 소리를 내어 헛기침을 한 번 했고 좌석에 등을 기대어 눈을 감았다. 하나 둘 셋 넷, 하나 둘 셋 넷, 하나 둘 셋 넷. 숨을 들이마셨고 참았고 내쉬었다. 중학생 시절 수업시간에 들었던 호흡법이다. 어느 과목 선생이 말해준 것인지 기억나지 않지만, 이후로 K는 요긴하게 써먹었다. 주어진 상황을 파악하지 못해 혼란스러울 때 하나 둘 셋 넷을 하고 있으면 어느새 주위는 고요해졌고, 눈앞에 놓인 상황들 속 깊이 숨겨진 핵심이 보였다. 화를 가라앉히지는 못했지만 하지 말아야 할 말을 하지 않게 되는 데는 효과가 있었다. 하나 둘 셋 넷 숨을 쉬다 보면

무엇이 두려운지 무엇이 K를 초조하게 만들고 긴장시키는지 자신에게 물을 수 있었다. 답을 찾지 못하는 경우가 대부분이었지만 물음만으로도 마음은 편안해졌다. 이번에는 그렇지 못했다. 하나 둘 셋 넷, 하나 둘 셋 넷. 숨을 들이쉬고 참고 내쉬는 사이 아래로 가라앉은 몸과 마음이 조수석 깊은 곳으로 빠져들어갈 즈음이면 어김없이 우리가 팩트다, 라는 구호가 머릿속으로 들어왔다. K는 계획을 점검하는 것도, 마음을 가만히 만드는 것도 모두 포기했다. 눈을 떴다. 상점 간판들이 느린 속도로 뒷걸음치고 있었다. 운전사는 창틀에 올려두었던 팔꿈치와 턱을 받히고 있던 손바닥을 거두어 두 손으로 운전대 아랫부분을 잡고 있었다. 몸을 운전석에 기댄 채, K 쪽으로 비스듬히 돌아앉아 있었다. 운전사의 카키색 조끼 왼쪽 주머니 위 오버로크된 마크와 배지가 보였다. K는 운전사가 유튜브의 동영상을 보기 위해 몸을 돌린 것인지, 자신을 살피던 중이었는지 궁금했지만 이내 잊어버렸다. 우리가 팩트다, 구호 때문이었다. 구호를 따라 하고 있는 자신이 어처구니없었다. 헛, 씨발. 헛웃음을 한 차례 하고는 그래서 뭐? 하고 뇌까렸다. 네? 뭐라고요? 운전사가 물었다. 아뇨, 아무것도 아닙니다. K가 대답했다. 우리가 팩트다. 구호는 반복됐고 구호의 끝마다 K는 입술을 움직여 그래서 뭐? 하고 말꼬리를 소리 없이 달았다. 우리가 팩트다. 그래서 뭐? 우리가 팩트다. 그래서 뭐?

K는 신원을 확인할 수 있는 어떤 단서도 가지고 있지 않았다. 지갑도 휴대폰도 없었다. 주머니 속에는 만 원권 넉 장, 천 원권 두 장이 있었다. 그러니까 당신 이름이 뭐냐고? 형사가 반복해서 물었지만, K는 입을 다문 채 웃기만 했다. 지금 사람이 묻는데 실실 웃는 거야? 기분 나쁘게. 형사가 K를 노려보았다. 당신이 오른손, 왼손 중간 손가락으로 당신의 이름은 무엇입니까? 를 한 글자씩 타이핑하고 있는 것이 재미있어서 웃었다. K는 이렇게 대답하지 않았다. 어떤 것이든, 어떤 상황이 되어도 입을 열지 않겠다. K는 애초에 다짐했었다. 형사는 담배를 물었다 내렸다 믹스커피를 마셨다 뱉었다를 반복하며 수사에 협조하라, 이름이라도 좀 알자, 다그쳤지만, K는 형사의 머리 뒤로 보이는 텔레비전 속 종편 뉴스 속보 영상을 볼 뿐이었다.

K를 둘러싼 사람들이 K의 옷깃과 소매를 잡고 이리저리 당겼고 그렇게 달려든 사람들의 무게를 견디지 못한 K는 넘어졌다. 넘어진 K 위로 겹겹이 사람들이 쌓였다. 처음부터 보지 않았다면 K가 어디 있는지 알 수 없을 정도였다. 맨 밑바닥의, K를 덮치고 있는 사람들의 다리 사이로 보이는 반짝이는 은색 뒤꿈치를 가진 남색 운동화가 K를 나타내는 유일한 것이었다. 그것도 K만이 알아볼 수 있는. 이윽고 달려온 경찰들이 사람들을 하나씩 일으켰다. 맨 아래 K가 드러났다. 웅크린 채 땅바닥에 누워 있는 K의 모습이 방송사 카메라에 그대로 찍혔다. K는 고개를 들어 하늘을 향해 돌렸

다. 얼굴을 찡그리고 있었다. 왜 얼굴을 찡그렸지? 어디 아팠나? K는 잠깐 생각하다 눈이 부셨지, 빛이 너무 밝았어, 하고 고개를 끄덕였다.

계속 이런 식이면 우리도 그냥 있을 수는 없어. 당신 때문에 지금 우리가 얼마나 힘들게 되었는지 알아? 나나 여기 있는 이 친구만 해도 오늘 오후부터 오프였단 말이야. 그런데 이게 뭐야. 퇴근도 못 하고.

K를 다그치다 지친 형사가 상관에게 도움을 청했던 모양이다. 사무실 한쪽 작은 방에서 나온 사내가 K의 어깨에 두 손을 올리며 말했다. K는 고개를 돌려 사내를 보았다. 사내의 행색이 궁금해서가 아니었다. 사내는 안마를 해주는 척하며 엄지와 검지로 K의 어깨를 꼬집듯 세게 잡았고 K는 아파서 어깨를 뒤틀고 고개를 돌릴 수밖에 없었다. 사내는 파란 바탕에 빨간 줄이 그려진 반소매 티셔츠를 입고 있었다. 팔꿈치 위로 터질 듯 부풀어 오른 근육과 늘어난 티셔츠 소매가 보였다. 사내는 K의 어깨를 잡은 손아귀에 힘을 점점 더했다. K는 하마터면 비명을 지를 뻔했다. 뭐야? 이래도 입을 안 열어? 소리도 안 지르겠다 이거지? 대단한데. K가 몸을 비틀면서도 악, 하는 소리조차 내지 않자 사내는 재미없다는 듯 손을 내렸다. 그리고 K가 앉은 의자를 돌렸다. K와 사내가 마주했다. K가 처음 본 것은 단추와 단추 사이가 벌어진 셔츠와 바지 벨트 위의 흰 속옷이었다. 한 번 만에 사내의 전체를 볼 수는 없었는데, K

는 의자에 앉아 있고 사내는 서 있기 때문이기도 했지만, 사내의 키가 큰 탓이었다. K는 고개를 조금 더 들어 사내의 얼굴을 보았다. 이마가 넓었다. 원래 이마가 넓었던 것인지, 머리숱이 없어 그렇게 보이는 것인지 구별할 수 없었다. 코끝에 검은 점이 하나 있었고 점 주위는 붉었다. K는 사내와 그가 닮았다고 생각했다.

입 좀 열어봐. 이름이라도 말해달라고. 아니면 가족들 연락처라도 말이야. 당신도 변호사나 뭐 그런 도움을 받아야 할 것 아니야. 뭘 알아야 다음으로 넘어가지. 이렇게 버틴다고 당신이 한 짓이 없어지는 게 아니잖아.

사내가 이어서 말했지만 K는 대답하지 않았다. K는 의자를 돌려 텔레비전 쪽으로 시선을 고정했다. K를 사이에 두고 형사와 사내는 뭐 이런 놈이 다 있어? 혹시 미친놈 아닐까요? 미친놈이라니 그런 말 쓰지 말라고 했잖아. 정신 질환자, 이렇게 부르라고. 따위의 말을 주고받았다. 그나저나 점심 먹었어? 사내가 물었다. 형사는 아니오, 라고 대답했고 사내는 국밥이나 시켜먹지, 배달 시켜, 하고 말했다. 저는 순대국밥을 시킬 건데요. 뭐 드시겠습니까? 이번에는 형사가 물었고 나는 섞어국밥이지, 다른 것 먹는 것 봤어? 라고 사내가 대답하는 순간 K가 입을 열었다.

따로국밥.

K와 형사, 사내는 책상 위에 신문지를 펼치고 그 위에 국밥과 반

찬을 놓았다. K는 고개를 파묻고 국밥을 먹었다. 깍두기가 조금 달았지만 나쁘지 않았다. 수육도 그런대로 먹을 만했고 무엇보다 국물이 진했다. 마지막 한 방울까지 마셨다. 잘 먹네, 잘 먹어. 고맙다는 말 한마디는 하고 먹어야 하는 것 아닌가? 사내가 K를 보며 말했다. K는 사내를 보며 머리를 까딱했다.

한 번 입을 열었으면 계속 열어둬야지 밥 다 먹었다고 다시 입을 닫나? 거참.

형사가 한마디 거들었지만, K는 반응하지 않았다.

종편 뉴스에서는 앵커가 K와 관련된 제보가 속속 들어오고 있다며 사실 확인이 되는 대로 곧 전해드리겠다고 이야기하고 있었다.

저것 봐봐. 결국은 누군지 다 알게 된다니까. 어차피 알게 될 거야. 얼굴이 전국에 쫙 퍼졌잖아. 그러면 우리는 뭐가 되냐고. 우리 체면도 좀 생각해줘야지. 그래도 수사기관인데 기자들보다는 먼저 알아야 할 것 아니야.

사내는 K가 들으라는 듯 말하며 담배 끝으로 책상에 툭툭 두드렸고 담배에 불을 붙여 한 모금 빨아 당긴 뒤 K쪽으로 후 하고 연기를 불어냈다.

— 오늘 있었던 수산시장 사건에 관해 이야기 나누고자 두 분의 선생님을 모셨습니다. 오늘 이 사건이 말이죠. 이게 말이 안 되는 일인데 말이지요. 있을 수 없는, 있어서는 안 되는 그런 일 아니겠습니까?

앵커가 먼저 말을 하며 좌우에 앉아 있던 두 토론자를 번갈아 보았다. 그렇죠, 그렇습니다. 그중 한 사람이 말을 이으려는 순간 앵커가 끼어들었다.

— 잠시만요. 지금 의미 있는 제보가 하나 확인되었다고 합니다. 범인을 행사장까지 태워준 택시 기사분이시랍니다. 지금 현장 연결이 되어 있다고 하니 먼저 그분 말씀을 들어보고 계속 진행하도록 하겠습니다. 이 선생님? 택시 운전하시는 이 선생님이시지요?

— 그니깐, 처음 딱 택시를 탔을 때 알아봤어야 하는 건데. 이상하다, 생각은 들었는데. 거참. 미리 막았어야 했는데.

K가 탔던 택시의 운전사였다. 카키색 조끼를 풀어 헤친 택시 운전사는 붉게 달아오른 얼굴로 K가 처음 택시를 탔을 때부터 택시에서 내리는 순간까지 뭔가 느낌이 이상했다고 말했다. K는 기사식당 구석 테이블에 앉아 들어오는 동료 기사들을 붙잡고 그때 그 녀석을 내가 잡았어야 했는데 말이야 따위의 허풍을 늘어놓으며 소주를 입안에 붓고 있었을 운전사를 상상했다.

— 일단 거기까지 가자는 것 자체가 이상한 거거든. 그런 행사에 갈 만한 사람은 내가 거의 다 알고 있단 말이지. 그런 행사에 빠진 적이 없거든 내가. 이게, 몇 번 다니다 보면 누가 누군지, 어디에서 온 누군지 다 알게 되는 거거든. 그런데 처음 보는 얼굴이 거기로 가자고 했다? 다른 도시에서 온 사람이면 전세버스를 타고 행사장으로 바로 갔을 텐데. 이 동네 사람인데 내가 모르는 사람이 거기

엘 간다? 그때 조금 더 꼬치꼬치 캐물었어야 했는데 말이야.

택시 운전사는 K가 입고 있던 점퍼의 왼쪽 가슴 부분이 불룩한 것도 알고 있었다고 말했다. 하지만 그런 흉측한 물건이 거기 들어 있을 것이라 누가 알았겠냐고 반문했다. 그건 자기 잘못이 아니라고. 절대로 자기를 탓하지 말라 했다. 앵커가 선생님 잘못이 아니라고 몇 번이나 말했지만, 택시 운전사는 귀가 잘 안 들리는 듯 귀에 꽂아둔 이어폰을 뺐다 넣었다 하며 자기 잘못이 아니라는 말을 반복했다. 급기야 두 눈에서 눈물을 흘리기 시작했다. 미리 알아차리지 못해서 죄송하다고, 이런 봉변을 당하시게 해서 그분께 정말로 죄송하다며 울었다. 스튜디오 안은 갑자기 숙연해졌다. 앵커는 주먹으로 입을 가렸고 토론자들은 준비해온 자료들을 넘기며 살피는 척했다. 마이크를 들고 있던 기자가 택시 운전사의 등을 두드리며 달랬다. 택시 운전사는 몇 번 더 훌쩍이다 팽, 소리를 내며 코를 풀었고 눈물을 훔쳤다.

— 구호 때문에. 그 녀석이 구호만 따라 하지 않았어도 알아챘을 텐데. 어느 순간부터 구호를 따라 하더라고.

앵커가 무슨 구호 말씀입니까? 하고 물었다. 운전사는 주먹을 불끈 쥐어 보이며 외쳤다. 우리가 팩트다.

— 구호라는 게, 이게 마음이 동하지 않으면 못하는 건데. 그런데 유튜브 동영상에 나오는 구호를 따라 하는 거야. 그러니 믿을 수밖에. 내가 그것 때문에 삼백 원이나 깎아줬는데. 동지 같아서.

택시기사는 K가 카드로 계산 안 하고 오만 원짜리 지폐로 계산한다 했을 때 다시 한 번 고민했어야 한다고, 예전 같았으면 딱 간첩 잡는 건데 놓쳤다고 아쉬워하며 인터뷰를 마쳤다.

토론자들은 택시 운전사의 증언을 하나씩 짚으며 이야기를 했다. 구호를 따라 한 것은 사람들을 속이기 위한 것이며 카드가 아닌 현금을 사용한 것은 범행 이후 신분 추적을 피하기 위한 것이라는 말을 주고받았다. 그리고 택시 운전사를 어르신이라 부르며 어르신은 아무 잘못이 없다. 애국자다, 증언해주신 데 대해 감사의 말씀을 드린다 했다. 앵커가 지능적이며 주도면밀한 범인이라고 정리하듯 말했다. 사내와 형사가 K를 쳐다보았다. K는 양쪽 어깨를 살짝 올리며 손으로 텔레비전을 가리켰다.

범행 동기는 무엇입니까? 두 손가락으로 한 글자씩 타이핑하는 순서에 맞춰 읽으며 형사가 K에게 물었다. 그러고는 여전히 대답 없는 K를 쳐다보다가 그럽시다, 오늘 밤을 하얗게 새봅시다, 하고 K의 어깨를 툭 쳤다.

어차피 대답은 안 하겠지만 내가 할 일이니 나는 계속 묻겠습니다. 택시를 타고 간 것은 택시 운전사가 증언했고. 아니지. 조금 전에 나왔던 그 운전사 택시를 타고 간 것은 맞지요? 대답이 없으니 맞는 거로 하겠습니다. 그래서 다음은, 택시에서 내린 다음은 어디로 갔습니까? 행사장으로 갔겠네요? 행사장으로 가서 사람들 속에 섞여 있으면서 기회를 엿보았다, 이렇게 쓰면 되지요?

두 손가락으로 두드리는 형사의 타이핑은 느렸다. 다음으로 무슨 글자가 올지 어떤 문장을 쓸지 앞서 짐작하기에 충분한 시간이었다. 한 글자가 지나가고 다음 글자를 기다리는 것은 의외로 재미있었다. 하지만 곧 지루해졌다. 형사가 선택한 단어나 문장이 K가 예상한 범위를 크게 벗어나지 못했기 때문이었다. 형사의 노트북을 빼앗아 직접 타이핑을 하고 싶은 욕구가 불쑥불쑥 솟아오르는 것을 K는 겨우 참았다. 대신 머릿속으로 타이핑을 하기 시작했다. 그래야 긴 밤을 침묵으로 견딜 수 있을 것 같았다. 어둡고 긴 밤을 견디는 데는 타이핑만 한 것이 없다는 것을 K는 알고 있었다.

나는 사람들 속으로 들어간다. 두 주일 전부터 예고된 행사다. 많은 사람이 모여 있다. 오늘 행사는 그들의 총력전이다. 식전 행사를 하는 동안 지역이나 단체의 깃발 아래 모여 있던 사람들이 본 행사가 시작되자 오와 열을 맞추고 대열을 만들기 시작한다. 나는 사람들에게 밀려 어쩔 수 없이 앉게 된 것처럼 앞에서 두 번째 줄로 들어가 자리를 잡는다. 국민의례를 하는 동안 왼쪽 가슴을 더듬어 개머리의 위치를 확인한다. 이렇게 모인 우리가 자랑스럽습니다. 서로 얼굴을 보며 인사합시다. 당신이 자랑스럽다고 서로에게 말해줍시다. 사회자의 독려에 옆에 앉은 사람이 인사를 한다. 반갑습니다. 자랑스럽습니다. 상기된 얼굴로 나를 바라보던 옆 사람이 손을 내민다. 나는 그 손을 잡았고 옆 사람은 마주 잡은 손을 아래위로 흔든다. 나는 이 사람을 미워하지 않는다. 그래, 나는 사람을 미워한 적 없다. 오늘 내가 이곳에 온 것도 사람이 미워서가 아니다. 지긋지긋한 반복을, 한 발짝도 나아가지 못하는 정체를, 정화되지 못한 것들을 위해서다. 스스로 이렇게 말해보지만, 쉽지 않다. 새벽같이 일어나 전세버스를 타고 김밥 한 줄로 아침을 때우며 다섯 시간이나 달려 이곳에 왔다는 옆자리의 사람은 우둔하고 답답한 사람이다. 그래서 싫다. 오늘 내가 이곳에서 하려는 일은 이런 사람들 때문이다. 내가 벌일 일들로 결국 혜택을 볼 사람들도 이들이다. 공으로 먹을 사람들. 모두를 어찌할 수는 없다. 한 무리만, 한 명만 해결하면 흩어질 사람들이다. 아마도, 아니 분명히 그럴 것이다. 과연 그럴까? 한 명만 해결하면 무너질까? 또 다른 누군가가 그 자리에 서지 않을까? 이렇게 해서 해결될 일일까? 아니다. 지금 흔들리면 안 된다. 이미 마음먹은 일이다. 설사 또 다른 누군가가 나온다 하더라도 그것은 또 다른 누군가의 몫이다. 나는 몸을 돌려 반대편 옆자리의 사람과도 해맑은 인사를 나눈다. 어디에서 오셨나? 옆 사람이 묻는다. 나는 옆 사람의 귀에 대고 대답을 한다. 여기 살아요. 아마도 오늘까지만. 몇 명의 연사들이 연단에 올랐다가 내려갔다. 다음이다. 그의 차례다. 사회자가 그를 소개하자 사람들이 환호한다. 그가 천천히 단상으로 올라온다. 마치 골을 넣은 축구 선수가 세리모니를 하듯 연단을 한 바퀴 돌며 연신 고개를 숙이고 손을 들어 흔든다. 나는 손뼉을 치며 자리에서 일어선다. 양 옆자리의 사람들도 나를 따라 일어선다. 뒤에 앉아 있던 사람들이 모두 일어선다. 나는 앞으로 걸어 나간다. 사람들이 우르르 몰려나온다. 대열이 무너진다. 나는 떠밀린 듯 연단 아래에 붙어 선다. 그리고 다리를 들어 연단으로 오르려 한다. 안전 요원들이 나를 말리기 위해 나서지만, 그가 손을 들어 그들을 멈춘다. 그는 손을 뻗어 나를 연단으로 끌어올리려 하고 연단 아래 사람들은 환호성을 지르며 나를 밀어 올린다. 나는 연단에 오르고 그는 나를 잡아 자기 옆에 나란히 세운다. 사람들을 향해 서 있는 그는 양 손을 들어 흔든다. 사람들은 와, 하고 함성을 지른다. 어디에서 오신 누구십니까? 마이크를 잡은 그가 몸을 돌려 나에게 묻는다. 그는 나와 마주 섰다. 행사장이 조용해졌다. 사람들이 내 입에 집중할 그때 나는 오른손을 들어 점퍼 안주머니로 집어넣는다. 그리고. 그의 가슴이 검게 물든다. 비명을 지르며 그를 감싸 안는 사회자의 가슴도 검게 물이 든다.

K가 머릿속으로 타이핑을 하는 동안 종편 뉴스에서는 같은 영상이 수십 번 반복되고 있었다. K로부터 아무 말도 들을 수 없었던 형사는 반복되는 영상을 보며 상황을 정리하고 타이핑을 했다. 두세 줄을 타이핑하고 나면 큰 소리로 자신이 쓴 내용을 읽었다. 그러고 나서는 이렇게 쓰면 되지요? 잘못되거나 사실이 아닌 것은 없지요? 하고 K에게 꼬박꼬박 확인했다. K는 맞다 그르다 아무 말

도 하지 않았다. 말하기 싫으면 고개라도 끄덕여달라니까. 처음 몇 번 형사는 K에게 조르듯 말을 했었다. K는 아무 반응도 하지 않았고 서너 단락이 지나간 후부터는 형사도 더 이상 조르지 않았다. 타이핑하고 읽고 묻고를 반복했다.

피의자가 연단 앞으로 나와 서자 피해자가 피의자의 손을 땡겨 올렸다. 이제 거의 다 와가네. 이렇게 된 것 맞지요. 이렇게 쓰면 되지요? 아, 졸리다.

형사가 한 단락을 타이핑하고 물었다. 형사는 당연한 듯 K의 대답을 기다리지 않았다. 엔터키를 눌렀고 다음 단락을 타이핑하기 위해 자판에 손을 올렸다. 그때 K가 말을 했다.

'땡겨'는 틀린 표현입니다. '당겨'나 '땅겨'로 해야 합니다. 여기서는 당겨가 맞겠네요. '끌어서 가까이 오게 하다'의 의미라면 '당겨'라고 해야 합니다.

노트북 화면을 보며 그래요? 하고 대답을 하던 형사는 고개를 돌려 K를 보았다. 당신 지금 말을 한 거야? 형사가 다시 물었지만, K는 입을 연 적 없다는 듯 대답하지 않았다. 잠시, 머그잔을 들어 커피 한 모금을 입에 담고 삼킬 정도의 시간 동안 형사는 K의 얼굴을 쳐다보았다.

형사가 '땡겨'를 '당겨'로 고치고 있을 즈음 종편 뉴스의 토론자가 바뀌었다. 똑같은 영상과 똑같은 코멘트에 형사도 K도 지겨워하던 중이었다. 새로 등장한 토론자 중 한 명이 새로운 사실을 말씀드리겠다고 했다.

— 이건 아직 어느 누구도 알아내지 못한 것인데요, 제가 제보받고 조사한 바에 따르면 이번 수산 시장 사건에 사용된 물질이 밴타블랙일 가능성이 높은 것 같습니다.

— 밴타블랙요? 그게 뭡니까?

— 밴타블랙. 가시광선 흡수율이 99퍼센트인 세상에서 가장 검은 물질입니다. 눈으로 볼 수 있는 모든 빛을, 심지어 적외선마저 삼켜버리는. 너무 검어서 어둠 속에서도 더 검게 보인다는.

— 아, 예. 그렇군요. 그런데 그게 이번 사건에서 무슨 큰 의미가 있는 것입니까? 말씀대로라면 그냥 검정 도료일 뿐인데요.

— 그게 그냥 도료가 아닐 가능성이 높다 이겁니다. 우리가 알다시피 이 피의자는 지능범 아닙니까? 아무것이나 사용하지는 않았을 것이다. 모든 빛을, 심지어 적외선마저 삼켜버린다는 것이 무슨 뜻이겠습니까? 결국 세상의 모든 빛이, 세상의 모든 따듯한 것들이 그 물질에 가서는 멈춰버린다는 거죠. 공학적인 측면이나 산업적인 측면에서는 어떤지 모르겠지만 정치적으로 보았을 때는 달라지지요. 아마도 이번 사건의 배후가 되는, 피의자의 뒤에 있을지도 모르는 단체의 표식이거나 그 단체의 모토일지도 모릅니다.

타이핑을 멈추고 토론자의 이야기를 듣던 형사가 K에게 물었다.

저거야? 밴타블랙 뭔가 하는 그거야?

어깨가 결려 고개를 좌우로 돌리고 있던 K는 형사의 얼굴을 보기만 했다.

아니란 말은 안 하는군. 뭐 틀리면 말하겠지. 99퍼센트라.

구십구 점 육구오.

뭐라고?

구십구 점 육구오 퍼센트.

구십구점, 아니 구십구 띄우고 점 띄우고 육구오 퍼센트 흡수한단 말이지. 이제 말을 좀 하기 시작하네. 좋아. 그러면 저 사람이 한 뒷이야기는 어때? 당신 무슨 단체 소속이야? 이번 일을 시킨 다른 사람이 있는 거야?

K가 입을 열자 이번 기회에 무엇이라도 더 알아볼 요량으로 형사가 덧붙여 물었지만, K는 아무 일도 없었던 것처럼 앉아 있었다. K는 세상의 모든 빛을, 세상의 모든 따듯한 것들을 가두고 멈춰버리게 만든다는 토론자의 표현이 참 멋있다 정확한 표현이다 생각했다.

신기한 것을 처음 본 아이처럼 형사는 인터넷을 뒤지며 밴타블랙에 관한 것을 읽었고 종편 뉴스에서도 새로운 소재를 발견한 것이 반가운 듯 도료 전문가, 색채 전문가를 수소문하고 섭외해서 인터뷰했다. 수십 번 반복되던 사건 영상은 더 이상 나오지 않았다. 밴타블랙을 사용한 자동차, 의류, 가방 등의 사진과 밴타블랙을 만드는 기술인 나노 튜브의 전자현미경 사진과 모식도가 화면을 채웠다. 그들은 화면과 시간을 채울 수 있는 것이면 무엇이든 만족했다.

자정이 되어갈 무렵 사내가 돌아왔다. 국밥을 먹은 뒤 형사에게 일 보라고 하며 직접 국밥 그릇과 수저를 챙겨 나갔었다. 사내는 스포츠 가방 두 개와 종이 상자 한 개를 건너편 책상 위에 올려놓았다. 집에 들러 양말이나 속옷 등을 챙겨 왔나 싶었지만 관심을 두지 않았다. 사내가 스포츠 가방의 지퍼를 열었다. 지퍼를 당기는 소리에 놀란 형사가 타이핑을 멈췄다. 뭡니까? 형사가 사내에게 물었다. 저 녀석이 알겠지. 사내가 대답했다.

어이 K, 이리 와서 이것 좀 봐봐.

사내가 K라 불렀다. 사내는 국밥 그릇과 수저, 유리컵에서 얻어낸 지문으로 K의 신원을 알아냈다. 사내는 스포츠 가방과 종이 상자에 들어 있던 물건들을 책상 위에 쏟아부었다. K의 집에서 가져온 것들이었다. K는 어이없다는 듯 사내를 쳐다보았다.

뭐? 동의 없이 지문 채취했다고? 불법적인 주거침입이라고? 그건 나중에 변호사한테 이야기해. 지금까지 20년 이 짓을 해오면서 이런 게 문제가 된 적은 한 번도 없었어. 왠지 알아? 구치소에서 몇 밤 자고 나면 정신이 하나도 없어지거든. 그리고 계속 입을 다물려면 다물어봐. 굳이 네 녀석이 말하지 않아도 여기 다 있으니까. 야, 이 녀석 이름은 K야. 그리고 아마추어야, 아마추어. 범행 계획을 빼곡히 적은 노트를 화장실 변기 옆에 꽂아두었더라고. 그리고, 그렇지. 우발적인 범행은 아니야. 엉성하기는 하지만 사전에 계획된 범죄야.

사내는 녹색 대학 노트를 들고 흔들며 K와 형사에게 말했고 형사는 노트와 K를 번갈아 보다 뭐야? 똥 누면서도 계획을 살피고 또 살피고 그런 거야? 정말 열심히 준비했나 보네, 하고 말했다. 이어서 크게, 아주 크게 웃었다.

사내가 가지고 온 스포츠 가방과 종이 상자에서는 그의 사진과 최근 3년의 그의 일정표, 그와 관련된 기사들을 모아놓은 스크랩, 이번 행사의 식순이 담긴 안내장, 수산 시장의 지도 등이 쏟아져 나왔다. K의 방 벽에 붙어 있었거나, 책상에 있던 것들이었다. 영화를 너무 많이 봤어, 너무 많이 본 게야. 사내는 자신이 책상 위에 부어놓은 것들을 뒤적이며 말했다. 책상 위에서 넘쳐흘러 바닥에 떨어진 종이를 집어 들던 형사가 무언가를 발견하고는 K를 보며 말했다.

진짜 밴타블랙인가 보네.

택배 영수증이었다.

영수증은 뭐하러 보관한 거야? 반품이라도 하시게?

K는 이마에서 뺨으로 땀이 흘러내리고 목덜미가 뜨거워지는 것을 느꼈다. 이래도 말을 안 하네, 형사가 말했고 말을 안 하는 거겠어. 못하는 거지. 지능범은 무슨 지능범. 지능이 떨어지는 범인이지. 사내가 덧붙였다. K는 집에서 출발하기 전 만일을 생각해 들렀던 화장실에 노트를 두고 온 것을, 재활용 쓰레기를 내어놓는 요일을 기다리느라 미처 서류와 자료들을 정리하지 못했던 것을 후회

했다. 무엇보다 미루고 미루던 전입신고를 덜컥 해버렸던 것이 결정적인 실수였다. 국회의원 보궐선거가 뭐라고, 한 표 보태겠다는 생각에 나흘 전 전입신고를 했었다. K는 부끄러웠다.

사건 전개는 이미 다 써놓았고 이름과 주소도 알고 이제 거의 다 했네. 아까 뭐라고 했었지요? K씨. '땡겨'가 아니라 '당겨'라고 했지요. 말 잘하시던데, 이제 하나만 더 말합시다. 왜 그랬어요?

형사는 덮었던 노트북을 다시 열었다.

아침이 되면서 후회와 부끄러움이 지나가고 안정이 찾아왔다. 어설펐던 자신에게 간간이 화가 나기도 했지만, 어차피 완전범죄를 꿈꾸었던 것은 아니었다. 이 정도 세상을 시끄럽게 했으면 충분했고, 자신의 실수가 오히려 사람들의 관심을 더 불러일으키는 데 도움이 된 것 같기도 했다. 물론 그 와중에도 더 이상 내려갈 곳 없는 수영장 바닥에 앉아 있는 것 같은 느낌이 들기는 했지만, 다행히 어느 쪽이든 마음은 편안했다.

종편 방송들은 K에 대해 앞다투어 속보를 쏟아냈다. 치밀한 계획이 담긴 노트가 화장실에서 발견되었다는 이야기가 나올 때마다 사내와 형사는 웃었고, 범인의 신원이 밝혀졌고 치밀하게 계획된 범행임이 드러났음에도 아직 범행 동기를 알지 못한다는 언급이 있을 때는 K를 다그쳤다. 한마디만 하라고, 그렇게 주도면밀하게 계획해서 한 일이라면 떳떳하게 말하는 것이 오히려 속 시원하지 않냐고 했다.

사내와 형사는 무슨 죄목으로 K를 구속할지에 대해서도 이야기했다. 폭행죄인지 업무방해죄인지 두 죄목을 다 붙일지 형사가 물었다. 그러게, 애매하네. 동기라도 알면 뭐라도 갖다 붙여 볼 텐데. 사내는 고개를 갸웃거렸다. 그 여자 사회자 왼쪽 가슴에도 쏘았다는데, 정확하게 맞았다는데 성추행은 어떻습니까? 형사가 덧붙였고 사내는 K의 얼굴을 보며 말했다.

그런가? 그래도 그건 좀 억지스럽지. 일단 업무방해죄로 올려. 나머지는 검사가 알아서 하겠지. 그러고 보니 K, 이 사람. 사격 솜씨가 좋아. 둘 다 왼쪽 가슴에, 유니폼으로 치면 이름표가 붙을 곳을 정확히 맞췄더라고. 나보다 더 잘 쏘는 것 같은데.

형사와 사내가 서류를 거의 다 갖추어 갈 무렵 전화가 왔다. 사내가 받았다. 통화를 끝낸 사내가 형사 옆으로 왔다. 그가 K의 처벌을 원하지 않는다는 내용이었다. 꽉 채운 24시간을 삽질로 만들어버리네요. 형사는 한숨을 쉬며 자리에서 일어났다. 운 좋네. K의 어깨를 짚었다. 종편 뉴스에서는 전날 나왔던 토론자들이 다시 나와 K를 용서한 그에 대해 말하고 있었다. 정치적으로는 오히려 도움이 되었다며 신체적으로 상해를 입은 것도 아니니 용서할 만하다는 이야기, 별의별 사람들이 다 있는 요즘 세상에서 있을 수 있는 해프닝이라는 이야기를 주고받았다.

훈방으로 풀려나는 K를 사내가 불러 세웠다.

이왕 하려면 진짜 총을 가지고 해야지. 물총이 뭐요? 물총이. 밴타블랙 뭔가 하는 그 검정 물감은 또 뭐고. 애들 장난도 아니고.

경찰서 현관문을 열고 나서던 K가 돌아서서 사내를 보았다. K는 사내에게 다가갔다. 사내의 귓가에 입을 갖다 댔다.

그의 인생은 얼마 남지 않았습니다. 이제 사람들이 모두 알게 되었으니.

K의 입에서 나오는 더운 입김이 사내의 귀를 간지럽혔다. 사내는 K가 뭐라 말한 것인지 잘 듣지 못했고 얼굴을 찡그리며 손바닥으로 귀를 문질렀다.

알로하의 밤

그날 51은 답으로 마침표 하나만을 남겼다. 오후 열 시 삼십육분. 그 시각은 51과 02, 98, 93, 82, 75와의 사이에 마침표가 찍힌 시각이 되었다. 그는 톡 방에서 나갔고 누구도 그를 다시 부르지 않았다. 정확히 24분이 지난 오후 열한 시 정각, 82가 유튜브에서 'Teach The Gifted Children'을 공유해 톡 방에 올려놓았다.

방 분위기 바꿔봅시다.

Teach The Oldest 'Aloha!'

93이 재빨리 답을 했고, 나머지들은 'ㅋㅋ'거렸다. 방은 따뜻해졌고 '굿 밤', '잘 자요.', '낼 봐요'가 이어졌다. 그렇게 그날, 알로하들은 잠이 들었다.

51은 언젠가부터 어른 행세를 하기 시작했다. 다른 숫자들이 스스로 행한 자연스러운 존대와 배려에 만족했어야 했다. 51이 지시와 결정을 내리기 시작하자, 존대는 반발로, 배려는 무시로 바뀌었다. 나이는 숫자에 불과해. 이 말에는 나이든 사람들을 북돋우는 뜻만 있는 것이 아니다.

51이 톡 방을 나간 것은 처음이 아니다. 지난 1월과 4월에도 비슷한 저녁이 있었다. 무슨 말 끝에 붙은 가벼운 멘트 때문이었다. 오늘 우연히 무지개를 보았어요. 빨주노초파남보를 찾아봤는데 글쎄 남색을 찾을 수 없지 뭐예요. 이렇게 올라온 누군가의 톡에 '하나님이 성소수자들을 축복하신 모양인데' 하고 누군가 답을 달았고 나폴레옹이 두 명이었다는 사실 알고 계셨어요? 라는 질문에 '그래서 역사는 두 번 반복된다고들 하지. 한 번은 비극으로, 한 번은 희극으로. 우리나라에도 있잖아. 차가 성을 가진 아빠와 딸' 같은 말이 툭 던져졌을 뿐이었다. 거기에 하나님이 왜 나와. 차가라니 차씨도 아니고 차가라니, 예의 없이. 그 불쌍한 집안을 두고 막말을 하다니. 51이 답을 달았고 발끈한 다른 번호들과 언쟁을 하다 톡 방을 나가버렸다. 누군가 51을 다시 초대했고 번호들은 사과했고 51은 돌아왔다. 그럴 수도 있지. 51의 반응에 동의하지는 않지만, 이해할 수는 있지. 그 정도의 차이, 그 정도의 자격지심은 받아줘야 하지 않겠어? 그 나이에는 그럴 수 있지. 그때는 이런 말이 톡 방에 올라왔었다. 하지만 이번에는 분위기가 달랐다. 아무도 51에 대해 언급하지 않았다.

"여보세요? 6월 10일, 독채 하나 예약하신 분이시지요?"

"네."

"그런데 예약자 성함이 한글로 알, 로, 하, 맞나요?"

"네에."

"단체 이름이신가 보네요."

"아뇨. 제 이름인데요. 성이 '알'입니다. 국적은 대한민국이고요."

펜션 주인이 국적을 묻지 않았지만 대한민국이라 이야기했다. 어차피 대답해야 할 것 같았다.

"아, 네. 그렇군요. 저희가 오해를 했네요."

내가 우리나라 사람 맞다 했잖아. 수화기 너머로 말이 들려왔다. 그 이야기 꼭 해. 대답도.

"혹시 기분 나쁘셨다면 죄송합니다. 특이한 이름이라서 확인이 필요했습니다. 그러면 6월 10일 뵐게요. 그리고 말씀 안 드린 것이 있는데, 그날 오셨을 때 지금 말씀하신 것과 다른 사실이 있으면 저희가 숙박을 거부할 수도 있습니다. 가령 단체이름이라던가 국적이 다르거나, 친목 모임이 아니라 종교 모임이라든가 뭐 그런 것 말입니다."

"걱정 마세요. 참, 처음 예약했을 때보다 인원이 한 명 줄었습니다. 참고하십시오."

"네."

처음 겪는 일이 아니다. 알 씨래, 알 씨. 학교에 입학할 때마다.

심지어 대학에 입학했을 때도. 첫 출석을 부르는 날이면 내 이름은 화젯거리였다. 주민등록증을 처음 만들기 위해 동사무소에 갔던 날 동사무소 직원이랑 한참동안 실랑이를 벌였고, 주민등록 초본을 확인하고 나서야 주민등록증을 만들 수 있었다. 군에 입대하는 훈련소에서도, 자대 배치를 받았을 때에도 마찬가지였다. 이병, 알로하! 선임들은 이 대답을 듣고 싶어 했고 듣고는 낄낄거렸다. 마주칠 때마다, 지나쳤다 부러 다시 돌아와서는, 뜬금없이 내무반으로 들어와서 어깨를 툭 쳤다.

어이, 알 이병.

이병! 알로하!

응. 나도 알로하.

취학 전 아이들을 돌봐주는 태권도 도장에 가던 첫날 관장이 물었던 것 같다. 이름이 알로하인 거냐고.

우리나라에 '알로하'는 아홉 명이다. 엄밀히 말하자면 SNS로 검색이 가능한 '알로하'가 아홉 명이다. 잠깐 사귀었던 여자의 근황이 궁금했다. 여자를 찾아 SNS를 헤맸지만 찾지 못했다. 이 이름이 아닌가? 헤어진 지 오래 지나지 않았는데도 여자의 이름에 자신이 없었다. 그러다 갑자기 나랑 같은 이름을 가진 사람들이 있을까 하는 생각이 들었다. 있었다. 아홉 명이 같은 이름을 쓰고 있었다. SNS 친구가 된 '알로하'는 여섯 명이었다. 톡 방이 만들어졌다.

정말 반가워요. 알로하님들.

저도요.

정말 신기한 일이네요.

알로하가 톡을 하고 알로하가 대답을 했다. 또 다른 차원의 세상이 있고 그 세상에는 또 다른 '나'가 살고 있다는 이야기가 현실이 된 듯 느껴졌다. 세상 어딘가 낯선 곳에서 살아가고 있는 또 다른 '나'와 대화하는 순간이었다. 그들과 인사하는 것으로 하루를 시작했고, 그들의 이야기에 답하는 것으로 하루를 마감했다. 하루를 살았으나, 여섯 개의 날을 한꺼번에 살았다. 우리는 서로를 어떻게 구별할지 이야기했다. 지역으로 할지 별명을 부를지. 다행히 동갑이 없었다. 나이를 앞에 붙이는 것은 어떤가요? 68 알로하, 44 알로하 이렇게요. 누군가 제안을 했다. 그러면 매해 번호가 달라지지 않나요? 차라리 태어난 년도를 붙이는 것이. 결국 알로하들은 이름 앞에 태어난 년도를 붙여서 서로를 구별하기로 했다. 결국에는 숫자만 남았다. 이름이야 다 같았으니까.

그런데 '알' 씨는 어떻게 된 거예요? 우리는 왜 '알' 씨예요?

51 알로하님이 제일 연장자니까, 우리 '알' 씨에 대해서 말씀 좀 해주세요. 교육 차원에서.

교육이랄 게 있나. 일단 '알'이 한자로 穵, 구멍 알 자라는 것은 다 알 것이고. '각산 알' 씨라는 것도 알지? 다들?

'각산 알' 씨라 했다. 각산은 남해안에 있는 작은 어촌인 석내포의 옛날 이름이라 덧붙였다. 삼백 년 전쯤, 영정조 시대에 서남아시아 무역선이 풍랑을 만나 지금의 석내포로 흘러들어왔고, 선원들 중 일부가 돌아가지 않고 조선에 남게 된 것이라 말했다. 조선시대에는 외국인이 오면 극진히 대접해서 돌려보내고는 했다고. 그래서 그냥 조선에 남는 경우가 왕왕 있었다고. 그 시절을 겪어본 사람처럼 51이 이야기했다. 하멜은 고생을 많이 했다던데. 물어보고 싶었지만 묻지 않았다. 51과 필요 없는 말다툼을 하고 싶지 않았다. 알아서 걸러 들으면 되지.

그때 조선의 왕이 내린 성이 '알'이라는 이야기를 들은 적이 있어.

51이 말했다. 82가 물었다.

하필이면 왜 '알'이었대요?

그러게. 나도 왜 '알'인지에 대해서는 묻지를 못했네. 내 생각에는 말이야. 아랍어 중 단어 앞에 항상 붙이는 말 있잖아. '알' 어쩌고저쩌고. 그것 때문에 그럴 수도 있겠다 싶어. 그 난파된 서남 아시아인들이 하는 말마다 '알' 이렇게 말하지 않았을까?

꽤 설득력이 있는데요.

그러면 우리가 아랍의 후손인 거네요.

피가 섞인 표는 잘 안 나는 것 같네. 난 코도 안 크고 눈도 별로 깊지 않은데.

ㅋㅋㅋ. 표가 나는 게 더 좋지 않나요?

우리 이러지 말고 한번 다 같이 보는 게 어때요? 맨날 톡으로 이야기하는 것보다, 직접 만나보면 더 재미있을 것 같지 않아요?

93과 98, 그리고 02가 한마디씩 거들었고, 82가 만남을 제안했다.

알로하들의 얼굴을 보고 싶었다. 모두들 비슷한 마음이었다. 우리는 날을 잡고 장소를 정했다. 장소는 각산으로 했다. 지금의 석내포. 전국에 흩어져 있는 알로하들이 모이기에는 조금 먼 곳이었지만 처음 만나는 일이고 조상을 찾아가는 의미도 있었다.

그러면 51 형님이 그날 '알' 씨에 대해 정리를 해오셔서 말씀 주시면 좋을 것 같아요. 뿌리를 찾는다는 측면에서. 숙소랑 기타 준비는 제가 하겠습니다. 위치상 제가 석내포에서 제일 가깝게 있는 것 같으니까.

내가 제일 가깝게 산다는 것은 약간 억지가 있는 말이었다. 서울이나 경기도보다는 거리상 가깝다는 것이지만, 교통수단으로 보자면 별 차이가 없다. 하지만 내가 검색을 해서 알게 된 알로하들의 모임이었다. 나는 51 다음 연장자이기도 했다. 책임을 지고 싶었다. '알로하'들에게.

하루 일찍 석내포로 내려왔다. '각산 알' 씨의 각산이 지금의 석내포라는 이야기를 듣는 순간 내 본적지가 석내포라는 것과 할아버지의 묘가 석내포에, 석내포에서도 '각산'이라는 산에 있다는 것이 생각났다. 석내포를 둘러보고 싶었다. 가능하다면 각산도 가고.

"전구동 15번지로 가주세요."

택시를 탔다. 운전사에게 주소를 불러줬다. 본적이다.

"다 왔습니다."

시내의 시장 부근에서 택시가 멈췄다.

"어디?"

"여기 시장통이 전부 15번지입니다."

기대가 너무 컸다. 나무 빗장을 지른 대문을 가진 고택은 아니더라도 나무 한 그루쯤, 제법 오래된 나무 한 그루가 서 있는 단층 혹은 이층집을 상상했었다. 굳이 안으로 들어가 살펴보지 않더라도 담장을 더듬고 대문을 만지기만 해도 울컥하고 솟아오르는 뭔가가 있을 것 같은. 그런 영감을 주는 곳을 기대했는데. 15번지가 시장이라니.

개축한 지 얼마 되지 않은 것 같았다. 패인 웅덩이 하나 보이지 않는 아스팔트와 아치 모양을 한 반투명의 캐노피가 아래위로 쌍을 이루고 소실점을 가리키듯 길을 따라 이어져 있었다. 캐노피 아래에 달린 표지판을 따라 돌면 거기서도 캐노피와 아스팔트가 새로운 길을 만들고 있을 터였다. 길옆으로 상점들이 늘어섰다. 인도와 차도를 구분하기 위해 그어놓은 노란 선 너머 밀려나온 좌판들 사이로 색색의 보자기를 둘러쓴 상점 주인들이 꽃대마냥 솟아올라 마주 보고 있었다. 폰을 꺼내 아랍의 전통 시장을 검색했다. 캐노피의 형태와 문양, 바닥, 내어놓은 상품들 모두 달랐다. 직접 찾아가 자세히 살핀다면 비슷한 점을 찾을 수 있을까.

이리저리 고개를 돌리던 나와 상점 주인의 눈길이 마주쳤다. 좌판 사이 붉은 플라스틱 의자에 앉아 이방인을 바라보는 두 눈에는 낯선 이에 대한 호기심이 담겨 있었다. 못 보던 사람인데 어디서 왔소? 멀리서 왔나 보네. 무슨 일로 여기까지 왔을까? 손을 뻗어 물건을 만지려 하거나 조금만 더 오래 마주하면 내게 던질 질문들이었다. 그 눈길이었다. 폰으로 검색한 아랍의 전통시장 사진 속에서 보았던 눈. 렌즈를 바라보는 크고 깊은 눈동자, 호기심으로 가득한 눈길이 여기에 있었다. 300년 전, 풍랑을 만나 뜻하지 않게 석내포로 들어온 아랍의 선원들도 이 눈빛을 보았을까. 이곳 석내포에서 한양까지 올라가는 길, 동네마다 늘어선 이들과 호기심의 눈빛을 주고받았겠지. 따뜻했겠지. 물이라도 한 잔 마시고 가라고 소맷자락을 붙잡지 않았을까.

각산을 올랐다. 아버지와 같이 오르던 산인데. 이 산이 '각산 알'씨의 각산이라니. 할아버지는 알고 계셨을까. 오래되어 무너진 봉분들 사이를 헤치고 걸어 올랐다. 이름마저 거의 지워진 비석 위 지난여름 아버지가 매직으로 그려놓은 표식을 확인하고 나서야 나는 할아버지의 무덤 앞에 섰다. 예전엔 크고 멋진 무덤이었는데. 앞으로는 탁 트여 너른 논과 밭을 볼 수 있었고, 뒤로는 와호라는 이름을 가진 회백색의 민둥산이 보였었는데. 가시넝쿨과 하늘을 가린 나무들 사이에 놓인, 봉분 곳곳에 구멍이 나 무너져가는 작은 무덤이었다. 석내포에서 나서 부산으로, 일본으로, 다시 석내포로 돌아다녔다는 할아버지께서는 '알'씨에 대해 얼마나 알고 계셨을까. 일본에서는 무어라 불렀을까? '아르상'이라 불렀겠지. 아르상. 나는 아라비아 반도 내륙에 살고 있다는 유목민족 베두인의 후손일까. 아랍으로 가야 하나? 무슨 이딴 상상을. 나는 지금 이곳에서 살고 있는데.

할아버지, 그동안 잘 지내셨습니까. 인사 대신 엉뚱한 생각을 했다.

"아이고 내려오시느라 수고들 하셨습니다."

"준비하시느라 고생하셨지요. 일찍 와서 도와드리지 못해서 죄송합니다."

"저도요."

서울에서 같이 내려온 98과 82를 마지막으로 오후 6시가 조금 넘어서 모두 도착했다. 02는 대전에서 내려왔고, 93은 대구가 집이었다.

"일단 짐부터 푸시고. 여성분은 안방이고, 남성분은 건넛방입니다."

"야아. 75 형님이 준비 많이 하셨네. 방도 좋네요."

82가 망설임 없이 어깨동무를 했다.

"짐 풀고 밥부터 먹지요. 배고픕니다."

"형님, 시간도 많은데 밥, 술, 뭐 이렇게 정하지 말고 천천히 먹고 마시면서 이야기 나누지요. 반가운 얼굴들 아닙니까? 알로하들."

"그럴까."

다들 짐을 푸는 동안 저녁거리와 안줏거리, 맥주와 소주들을 꺼내 상을 차렸다. 82가 오늘을 위해 특별히 준비했다면서 발렌타인 30년산을 꺼냈고 모두들 '와' 하고 환호성을 질렀다. 아직 술 한 모금 마시지 않았는데도 상기된 얼굴들과 높아진 목소리들, 흡사 곧 춤이라도 출 것 같은 몸짓들이 앉아 있었다. 모닥불을 둘러싸고 빙빙 돌며 춤을 추는 원주민처럼. 낯설지 않았다. '알로하'들이었다.

"형님, 짧게라도 각자 소개를 해야 하는 것 아닙니까?"

두서없는 잡담이 이어지던 중 82가 말을 했다.

"그래야겠지?"

"제가 사회를 볼까요?"

"그럴래?"

"아아, 주목. 주목. 인사드리겠습니다. 사회를 보게 된 82 알로하입니다. 박수. 박수."

82는 자리에서 일어나 사회를 보기 시작했다.

"힘들게 만났지요, 우리. 저는 37년 걸렸습니다. 여기 75 형님은 44년 걸렸지요. 보고 싶었던 얼굴입니다. 19년 만에 보게 된 우리 막내는 행운인 줄 알아야 합니다. 75 형님 덕분에 또 다른 알로하가 있다는 사실을 처음 깨닫게 되었지요. 이름이 같은 사람을 만난다는 것. 다른 사람들에게는 흔히 겪는 일일 수도 있겠지만, 우리에겐 특별한 일이지요. 그렇지 않습니까. 세상에 '알로하'가 몇 명이나 되겠습니까. '알' 씨를 만나는 것만으로도 반가운 일이 될 텐데 거기에 이름까지 같다니. 이건 엄청난 일인거지요. 개인적으로는 일생일대의 사건입니다. 그렇지 않습니까?"

"맞아요. 저는 대구에서 여기까지 오는데 가슴이 쿵쾅거려서 혼났어요. 버스를 타고 오는데 옆에 앉은 사람이 자꾸 쳐다보는 거예요. 아마 제 심장 소리를 들었을 거예요."

93이 맞장구를 쳤다.

"그렇지요. 여기 모든 분들이 그랬을 겁니다. 그런 의미에서 오늘 이 자리가 있게 해주신 75 형님의 인사 말씀을 한마디 듣고 시작해야 하지 않겠습니까?"

"무슨 인사 말씀이야. 그냥 하던 대로 계속 진행해."

"아닙니다, 형님 한마디 하셔야죠. 자. 한마디 하십시오. 동생들이 눈을 '알' 모양으로 뜨고 보고 있습니다."

82가 입술을 동그랗게 모으고 혀를 안으로 굴려 '알' 소리를 냈다.

"허 참. 그러면. 흠흠."

마흔네 살에 할아버지 취급을 받는 것 같았지만 어쩔 수 없었다. 82는 사회를 본 경험이 많아 보였다. 마치 미리 준비를 해온 것처럼 순서를 이어 갔다.

“아, 그리고 형님, 이왕 하시는 김에 자기소개도 같이 부탁드립니다.”

“네엡. 여러분 알로하! 하하. 반갑습니다, 75 알로하입니다. 아주 우연한 기회에 여러분들을 찾게 되었고, 연락을 했고, 만나게 되었습니다. 모든 ‘알로하’들과 만날 수 있었으면 더 좋았겠지만, 여기 다섯 명이 모여 얼굴을 보게 된 것만 해도 기적이라 생각합니다. 감사할 따름입니다. 제게는 10대의 저, 20대의 저, 30대의 저와 만나는 순간이기도 합니다. 모두 ‘알로하’들이니까요. 운이 좋았으면 다가올 60대의 저와 만날 수도 있었는데, 그 점은 조금 아쉽습니다만. 그래도 아쉬움보다는 반가움이 더 큽니다. 여러분 정말 반갑습니다. 저는 아파트 단지 입구에서 작은 문구점을 운영하고 있습니다. 문방구 아저씨죠. 문구점 이름이 뭔지 아십니까. 알로하 문구점입니다. 내용으로 보면 김 아무개 문구점인 셈인데, 사람들은 ‘반갑습니다. 문구점’으로 생각하고 있죠. 오늘 그리고 내일 좋은 기억을 가지고 돌아갈 수 있도록 합시다. 기혼이구요. 아이들도 둘이나 됩니다. 큰놈 이름은 알찬, 작은놈은 알리입니다.”

박수가 이어졌다. 10대, 20대, 30대의 알로하가 내게 보내는 박수였다.

“오호. 형님, 말씀을 너무 잘하시는데요. 그리고 알찬이, 알리. 이 좋은 이름을 형님이 다 써버리시면 우리는 무슨 이름을 쓴단 말입니까? 너무하신 것 아닙니까?"

"하긴 '알'자에 붙여서 어감이 좋은 이름이 별로 없기는 해요. 저는 어리지만 가끔씩 나중에 아이를 가지게 되면 무슨 이름을 지어줄까 고민해봤었는데 도통 적당한 이름이 떠오르지 않는 거예요. '알박기', '알사탕', '알부자'. 이런 이름만 떠오르던데. '알찬', '알리'. 정말 좋네요. 형님 저도 그 이름 써도 되지요?"

02까지 거들며 나섰다.

"쓰면 되지. 걔들이 또 모이면 되겠네. 같은 이름이라고."

"자, 그럼 다음으로는 제가 인사드리겠습니다. 반갑습니다. 다들 아시다시피 82구요. 서울에서 살고 있습니다. 75 형님이 좋은 이야기를 많이 해주셔서 제가 따로 추가할 말씀은 없습니다. 저에 대해서 잠깐 소개 말씀을 드리자면, 이벤트 업체에서 사회를 보고 있습니다. 그래서 이름이 '알로하'라고 이야기하면 사람들은 예명인 줄 압니다. 현재로서는 살아가는 데 제 이름이 도움이 되는 편이지요. 장가가는 문제만 빼놓고는."

"아직 총각이세요?"

"예. 하하. 사귀던 아가씨가 있었는데 얼마 전 헤어졌습니다. 하하."

"왜요? 인물도 훤하시고, 직업도 있으신데. 말씀도 잘하시고."

"'알' 씨라서요. 처음 만났을 때는 그 사람도 예명인줄 알았지요. 사귀기 시작하고 얼마 안 되어 본명이라는 것을 알게 되었지만. 물론 그 사람은 개의치 않았어요. 오히려 좋은 이름이라고 했었는데. 막상 결혼하려니까 그쪽 부모님이 이름을 가지고 문제 삼았네요. 드문 성씨라고. 근본이 없다나. 여자 쪽 성도 흔한 성은 아니었는데 그게 오히려 자격지심이 되었나 봅니다. 아무튼 그 때문에 저희 부모님도 감정이 상하고, 그렇게 몇 번 말이 오가다 보니까 헤어지게 되었지요. 웃기지 않습니까? 그래서 현재로서는 결혼 생각 접었습니다. 독신으로, '알로하'로 살아갈 예정입니다. 오늘 여기 오신 여성분들 모두 정말 매력적이시지만 동성동본이니 그것도 안 되겠고. 하핫. 제 소개는 여기까지입니다."

박수를 쳤지만, 웃을 수는 없었다. 결혼에 '성'이 무슨 상관. 아직도 그런 사람들이 있나. 10년 전 결혼식이 생각났다. '신랑 알로하 군과 신부'로 시작되는 멘트가 나올 때마다 사람들이 웃었다. 얼마 되지 않는 신랑 쪽 사람들은 붉게 상기된 얼굴로 성을 내었고, 아버지는 그들을 달래느라 고생을 했다. 쯧쯧, 어쩌다가. 국제결혼이네. 국제결혼. 신부 쪽 사람들, 그것도 자주 보지 못하는 먼 친척들은 '알' 씨라는 성만 보고 혀를 찼다. 그래도 잘 살고 있지 않은가. 300년 전 이곳에 흘러들어온 조상님이 큰 죄를 지은 것도 아니고. 단지 풍랑을 만났을 뿐인데. 아니, 따지고 보면 이곳 누구의 조상이든, 모두들 이곳에 흘러들어온 사람들인데. 수천, 수만 년 전이냐 삼백 년 전이냐 작년이냐의 문제일 뿐.

"다음은 제 순서네요. 저는 대구에서 온 93 알로하입니다. 보시

다시피 예쁜 숙녀이구요. 조그마한 무역회사에 다니고 있습니다. 사내 커플이구요. 내년쯤 결혼할 예정입니다. 그렇지 않아도 신랑 될 사람이 처가 쪽 사람들 보러 오늘 모임에 따라 내려온다는 것을 겨우 말렸습니다. 저는 조금 다른 것 같아요. 오히려 이름이 예쁘다고 사람들이 좋게 봐주는 일이 많았거든요. 한 번 들으면 잘 잊어 먹지도 않고, 기억도 잘 해주니 여러모로 살아오면서 도움이 많이 되었습니다. 그래서 저는 '알로하'라는 이름이 좋아요. 이름을 지어주신 아버지께도 항상 감사하죠. '알로하' 우리 이름 정말 좋지 않아요? 알 자로 시작할 수 있는 최고의 이름인 것 같아요. 82 오빠 일도 이름이 문제가 아니라 그 사람들이 문제인 것이니 너무 상심 마시구요. 우리 이름은 자랑스럽게 생각해도 될 것 같아요."

맞는 말이다. 알로하는 꽤 멋진 이름이 아닌가.

"그렇지요. 이름은 잘못이 없죠."

"네. 가끔 황당한 경우가 생기기는 하지만."

"뭐죠? 무슨 경우 말인가요? 말해주세요. 재밌을 것 같은데."

비어 있는 내 맥주잔에 맥주를 따르며 82가 93에게 물었다.

"얼마 전에 있었던 일인데요. 감기 때문에 병원에 갔었거든요. 원래 감기로는 병원에 잘 가지 않는데, 이번에는 참다 참다 증상이 점점 심해져서 어쩔 수 없이 직장 근처 내과에 갔어요. 진료실에 들어가니까 의사가 제 얼굴은 쳐다보지도 않고 접수된 이름만 보고는 대뜸 '캔 유 스피크 코리언?' 이러는 거예요. 놀라서 '예?'

하고 물으니까, '한국어를 잘하시냐고요?' 하기에 '한국 사람인데요.' 하고 대답했지요. 그러니까 '어, 우리말 잘하시네, 귀화하신 지 얼마나 되셨어요?'라고 묻더군요. 기가 차서. '한국에서 태어난 한국인이거든요. 우리나라 이름이거든요.' 하고 말해줬지요. 그제야 고개를 돌려 제 얼굴을 보더라고요. 글쎄 제가 몽고나 우즈베키스탄 아니면 중동 어딘가에서 온 외국인인 줄 알았다는 거예요. 외국인들이 이상하다는 것은 아니지만 그래도 뜬금없이 외국인 취급을 받으니 기분이 좋은 것은 아니었어요. 게다가 '알로하'라는 글자를 보면서 외국인이 먼저 떠오르는 것, 정상이 아니지 않아요? 하와이나 뭐 그런 것부터 먼저 떠오르지 않나요? 정말 황당했어요."

"그 의사가 잘못했네. 93 알로하 씨 예쁜 얼굴을 먼저 봤다면 그렇게 말하면 안 되지. 혹시 연예인이세요? 이렇게 물었어야지. 그렇지 않습니까? 형님?"

82가 말을 받아 다시 내게 넘겼다. 나는 빙긋이 웃으며 고개를 끄덕였다.

"그렇죠? 어쩜 저랑 똑같은 생각을. 저도 그렇게 생각했는데."

93은 쿠션을 배 앞으로 가져와 안으며 입을 삐죽거렸다.

"하긴 우리나라가 선입견이 강한 편이기는 해. 모르긴 해도 만약 모든 사람이 이름표를 붙이고 다니는 세상이었으면 우리가 식당엘 가면 아마 김치찌개에서 돼지고기를 빼고 줬을지도 몰라. 자기들 딴에는 신경써준다고."

가끔 그런 상상을 했었다. 사람들 모두 가슴팍에 이름이나 성을 써놓은 표를 붙이고 다니는 세상. 그런 세상이었으면 살아내기가 제법 힘들었을지도 모른다. 운 좋게도 그런 세상이 아니고, 내 얼굴만 보아서는 내가 '알'씨인지 아무도 모른다. 정말 다행이라 생각했다. 언젠가 큰아이에게 이름표 세상 이야기를 한 적이 있었다. 큰아이가 물었다. 이름표를 붙이지 않아도 얼굴로 표가 나는 사람들은 어떻게 해요? 그 사람들은? 글쎄 결국은 나름대로 살아가는 법을 알게 되지 않겠니? 아니면 자기랑 비슷한 사람들이 모여 사는 자기 나라로 다시 돌아가거나. 나는 아이의 얼굴을 보며 궁색한 대답을 했다. 에이, 그게 뭐예요. 차라리 모두 가면을 쓰도록 하는 게 더 낫겠네요. 아이는 당연한 대답을 했고, 나는 아이의 엉덩이를 두드리며 착한 생각이라고 칭찬했다. 손과 발은? 목은? 여름엔 어떻게 하지? 아이에게 묻지 못했다.

"왜요? 돼지고기를 왜 빼고 줘요?"

02가 물었다. 대전에서 내려온 막내 알로하다.

"우리 이름이 붙여서 보면 '알로하'니까 하와이 느낌이 나지만, 띄어서 보면 '알 로하'가 되잖아. 약간 이슬람 쪽 같은 느낌이 들거든. 그니까."

"아하. 그럴듯한데요. 그것도 식당 주인이 뭘 좀 알아야 가능한 일이겠네요."

"어설프게 알 경우에 그렇다는 거지. 다행히 살면서 이름표를 붙이고 다니는 것은 아니니까. 여기 펜션 예약할 때도 펜션 주인이 두 번이나 물었다니까. 사람 이름 맞냐고."

98 대학 졸업반 여학생 알로하와 02 재수생 알로하의 자기소개가 이어졌다. 98은 수줍음을 많이 타는 듯 간단하게 인사를 했다. 02는 우리 '알로하'야말로 우리 민족이 단일민족이 아니라는 살아 있는 증거라며 만약 수능 문제에 그런 문제가 나왔다면 자기는 당연히 '우리 민족은 단일민족이다'라는 문항을 틀린 문항으로 골랐을 것이고, 당연히 오답 처리되기를 기다렸다가 일인 시위를 하고 소송을 걸었을 거라고 말했다. 증거가 있냐? 판사가 물으면 우리 모두를 증인으로 신청했을 거라고. 우리는 02에게 열심히 공부해서 판사 말고 변호사가 되라 격려해주었다. 변호사가 되더라도 이름은 바꾸지 말라고 덧붙였다.

"51 형님에게서 따로 연락이 온 것은 없었지요?"

82가 물었다. 51. '예의'가 문제였다. 그날 톡 방에서 51이 '예의'를 꺼냈다.

예의가 필요할 것 같군.

예의까지 나올 상황은 아닌 것 같은데요.

나이도 어린 것이 꼬박꼬박 어른 하는 말에 대꾸를 하네. 예의 없이.

톡으로 답을 한 것이 누구누구였는지는 기억이 나지 않는다. 51

과 나머지의 톡이었고, 51이 '나이도 어린 것이'라는 말을 꺼냈을 때부터 대꾸가 침묵과 무시로 바뀌었다. 51이 몇 마디 더 올렸지만 아무도 대꾸하지 않았다. 처음부터 없었던 사람처럼. 나머지들은 다른 이야기를 이어갔다. 나는 톡 화면을 들여다보고만 있었다.

그때 51이 마침표를 찍었다. 방을 나가면 누군가, 아마도 내가 자기를 다시 불러주리라 믿었을 것이다. 어쩔 수 없는 척 다시 들어오면 다른 번호들이 '죄송해요', '화 푸세요.' 정도의 말을 해 줄 것이고 그러면 '내가 주책을 부렸네, 늙은 것이 말이야' 하며 은근슬쩍 넘어가려 했을지도 모른다. 나이 많은 내가 마음을 풀어야지, 어쩌겠어. 젊은 사람들 틈에 끼려면 그 정도는 감당할 수 있었어야 하는데. 변명인지 탓인지 구별할 수 없는 말을 늘어놓는 것도 잊지 않았을 것이다. 그러나 아무도, 나도 그를 부르지 않았다.

"사실 51 형님한테 연락을 할까 고민을 조금 하긴 했어. 그런데, 결국 연락을 안 하기로 했지. 그냥 이번에는 이대로 하고, 다음에 모이게 되면 연락하지 뭐."

"조금 죄송하기는 한데, 오늘 이 자리에 51 형님이 왔으면 정말 재미없었을 거예요."

02가 말했다. 98과 93이 키득거렸다.

"굳이 그렇게 말하지는 맙시다. 다른 안줏거리가 없는 것도 아니고."

"네, 그래요. 자리에 없는 사람 이야기를 하는 것은 좀."

82가 내 말에 맞장구를 쳐 주었다. 자기소개를 할 때 말고는 좀처럼 입을 열지 않던 98이 말했다.

"그래도 전 이해가 안 돼요. '알' 씨 성을 가지고 70년 가까이 살아왔으면 다른 사람에 대한 이해와 관용, 뭐 이런 게 엄청나야 되는 것 아니에요? 스스로 힘들었던 만큼 다른 사람의 입장을 알고 받아들여줄 수 있어야 하는 것 아닌가요?"

그녀의 말이 맞다. 68년을 살아온 인생이라면, 그것도 '알' 씨 성을 가지고 살아온 인생이라면. 이름으로 놀림감이 되고 결혼에 실패하고 외국인이라 오해 당하며 살아온 인생이라면 달라야 했다. 51은 스스로 성공한 인생이라 자부했다. 그는 살고 있는 집 말고도 아파트를 하나 더 가지고 있고 곧 재개발 될 예정이라며, 몇 번이나, 자신이 얼마나 힘들게 그리고 잘 적응하며 살아왔는지 우리에게 말하고는 했었다. 살고 있는 집 외에 재개발 될 아파트를 하나 더 가진 것이 잘 살아왔다는 증거인지 이해할 수 없었지만 굳이 그것을 반박하지 않았다. 해병대를 자원입대했던 이야기부터 지역 청년 위원회에서 활동했던 것, 지금은 지역 방범순찰대 고문이며 회전클럽이나 사자클럽의 회원이 되기 위해서 다른 사람들을 어떻게 구워삶았는지에 대해, '무슨 무슨' 회사의 사장이나 임원, 돈 많은 자영업자가 아니면서도 그 클럽의 회원이 된 사람은 자기가 처음이라는 이야기까지. 비록 그가 재미난 말투로 스스로를 희화화하며 말하기는 했었지만 나는 그가 '알'이라는 희귀한 성을 가진 사람보다는 '알'이라는 희귀한 성을 가진 사람들을 오해하고 비웃던 사람들에 가까울 수도 있겠다는 생각을 했다. '알'이라는 성씨에 대한 세상의 눈을 극복하기 위해 그가 선택한 방법이 누구보다도 더 깊이 세상에 동화되는 것이었다는 것을 굳이 비난하고 싶지 않았다. 나의 60대일 수도 있으니까. 다만, 그것이 나의 60대라면 무척이나 슬플 것이라 생각했다.

"모두에게 가능한 이야기는 아닌가 보지."

"그런데, 51 형님이 오늘 우리 모이는 것 알고 있지 않나요? 톡방 나가는 날 훨씬 전에 오늘 모임 시간이랑 장소를 정했던 것으로 아는데."

"갑자기 문 열고 들어오는 것 아니야?"

"설마. 톡 방에 안 불러준 것만 해도 수모라면 수모인데, 여기까지 오겠어?"

"자, 자. 그 이야기는 그만하시고. 자주 있는 오늘이 아니니 오늘 늦도록 마시고 떠들자고. 먼저 들어가서 엎어지기 없기다."

어색해졌던 분위기를 추슬러 다시 잔을 권했고, '건배'와 '위하여'와 '알로하'를 반복적으로 외쳤다. 그 밤은 그랬다.

02와 98이 번갈아가며 노래를 불렀다. 젊은 아이들답게 듀엣을 했다가 혼자 불렀다가 하며 언니 오빠들의 흥을 돋웠다. 나도 노래를 불러야 하나? 노래방 기계 없이도 부를 수 있는 노래가 있는지

고민하고 있을 때였다.

"실례합니다."

"누구시죠?"

"S시 경찰서 소속 형사입니다. 잠깐 확인할 것이 있어서 그럽니다. 문 좀 열어주시겠습니까?"

경찰서? 우리가 너무 떠들었나. 펜션에서 노래 부르고 떠드는 것이 무슨 문제라고. 82가 얼른 일어서서 문을 열어주었다. 순간 건장한 사내 네 명이 밀고 들어왔고, 82는 밀려 넘어졌다.

"아니 이게 무슨 짓입니까?"

"신고가 들어와서 그럽니다, 신고가."

"당신들 누구야?"

넘어졌던 82가 일어서며 물었다.

"S시 경찰서 소속 형사들입니다. 여기 신분증 보이시죠?"

"무슨 신고가 들어왔단 말입니까. 노래 부르고 떠든다고, 경찰관도 아니고 형사가 옵니까. 석내포는?"

나는 다른 알로하들에게 가만히 있으라는 손짓을 하고 물었다.

"지금은 석내포가 아니고 S시입니다. 그리고 시끄럽다고 신고 들어온 것이 아니라, 그 뭐, 아랍 쪽 난민 모임일지도 모른다는 신고가 들어왔어요. 여기 '알 로하'라는 게 뭐하는 단체입니까?"

"난민요? 허, 참 살다보니. 도대체 누가 그런 헛소리 같은 신고를 했다는 말입니까? 혹시 펜션 주인이 신고했습니까? 단체 이름이 아니라고 그렇게 설명했는데."

두 번이나 이야기를 했는데. 펜션 주인이 신고를 했단 말인가.

"펜션 주인이 신고한 것 아닙니다. 누가 신고했는지는 알려드릴 수 없습니다. 자, 자. 신고가 들어왔으니 확인은 해야 합니다. '알로하'는 뭐하는 단체인가요?"

"사람 이름이거든요. '알 로하'가 아니라 '알. 로. 하.'거든요."

"그런 이름도 있어요? 그래 누굽니까?"

"전데요. 제가 알로한데요."

"전데요. 제가 알로한데요."

"전데요. 제가 알로한데요."

"전데요. 제가 알로한데요."

"전데요. 제가 알로한데요."

술기운이었을까. '알로하'들이 모두 일어섰다.

"어? 어?"

앞장서 들어와 있던 형사는 버벅거리며 뒤를 돌아봤다. 뒤에서 지켜보던 다른 형사가 들어왔다.

"아니 이 사람들이. 독립운동 하는 것도 아니고. 그러면 여권 좀 봅시다. 외국인 등록증이나 뭐 그런 것."

그날 알로하들의 밤은 그랬다. 그것은, 그들에게 익숙한 밤이었다.

잘 자, 병철

병철은 역에 있었습니다. 병철이 자주 찾는 곳입니다. 병철을 처음 보았던 곳도 역 광장이었습니다. 병철은 광장의 벤치에 앉아 날이 지난 신문을 펼쳐놓고 한 글자 한 글자 짚으며 읽는 것을 좋아하는 것 같았습니다. 거의 매일이더군요. 비가 오고 바람 부는 날을 빼면 말입니다. 가끔 고개를 들어 광장의 시계탑을 쳐다보고 주위를 두리번거렸습니다. 누군가와 만날 약속을 했고 그 사람을 기다리는 것처럼 보였습니다.

아무도 찾아오지 않았습니다. 가끔 병철과 비슷한 차림의 사람들이 다가와 말을 걸기도 했지만 병철이 기다리던 사람은 아닌 것 같았습니다. 몇 마디 나누지 않고 자리를 떴거나, 병철이 성의껏 대답하지 않았거든요. 애초에 약속이 없었을지도 모릅니다. 습관처럼 시계탑을 올려다보았거나 달리 할 일이 없어 주위를 두리번거렸을 수도 있습니다. 혹은 이루어지기 힘든, 지키기 힘든 약속일 수도 있지요. 인생이 정말 개 같다고 느껴지는 해, 그해 여름의 가장 더운 날 땀이 제일 많이 흐르는 시각에 역 광장 벤치에서 만나자는 그런 약속 말입니다. 생각해보면 어처구니없는 약속입니다. 개 같은 인생이 정확히 어떤 것을 말하는 것인지 알 수 없기 때문입니다. 설령 서로의 동의하에 개 같은 인생이란 이러이러한 것이다 하고 정해놓았다 하더라도 개 같은 인생과 개 같은 인생이라 느끼는 것은 다른 것이지 않나요? 또 있습니다. 어느 날이 이번 여름의 가장 더운 날일지 어떻게 알 수 있지요? 매일같이 광장 벤치에 앉아 있어야 할 겁니다. 하루하루가 모두 올해 여름의 가장 더운 날이었으니까요.

그날도 올해 여름 중 가장 더운 하루였습니다. 그런 날 역 대합실은 최고의 인기 장소가 됩니다. 시내 구석구석 흩어져 지내던 사람들이 역 대합실 안으로 몰려들었습니다. 대합실을 점령해버린 겁니다. 텔레비전 앞 의자들도, 매점 옆 테이블도, 심지어 의자가 없는 맨바닥마저 그들의 자리가 되었습니다. 병철도 그중 한 명이었습니다.

역무원들이 가만히 있었겠습니까? 어디론가 전화를 걸었고 잠시 후 경찰들이 몰려왔지요. 파란 옷을 입은 경찰관들은 열린 자동문으로 당당하게, 그리고 시끄럽게 들어왔습니다. 경찰이 들어오자 사람들은 자리에서 일어나 문을 열고 나갔습니다. 그렇게 여러 번 반복했지요. 그때마다 역무원은 마이크에 입을 대고 소리를 질렀습니다. 경찰들은 짜증을 내며 역으로 들어왔고요. 사람들은 투덜대며 밀려 나갔습니다.

대합실에 머물던 경찰관들이 돌아가자 밀려 나갔던 사람들이 다시 들어오려 했습니다. 그때 한 무리의 사람들이 나타났습니다. 더운 여름이 오기 전부터 대합실 내에서 지내던 사람들이었습니다. 여자 한 명에 남자 일곱 명, 도합 여덟. 남자들은 반바지 차림이기도 했고, 등산복 차림이기도 했습니다. 반소매 티셔츠에 청바지를 입고 삼선슬리퍼를 신은 남자가 유독 눈에 띄었습니다. 그가 쓰고 있는 빨간 모자가 눈길을 끌기도 했지만, 그의 곁에 붙어 팔짱을 끼고 있는 여자 때문이었을 겁니다. 여자는 파란 무릎 바지와 레이스 달린 노란 반소매 블라우스를 입고 있었습니다.

도대체 언제부터 대합실이 자기들 안방이었어? 봄부터 그랬던 것 아닌가. 그전에는 시외버스 터미널에 있었다 하더라고. 시외버스 터미널 공사하면서 이리로 옮겨 왔다 하던데. 사람들이 나눈 이야기를 들었습니다. 정확하지는 않지만 봄부터 혹은 초여름부터 대합실은 그들 차지였다고 합니다. 자기들 무리가 아닌 사람이 대합실에 들어오면 은근히 밀어내고 밀려나가지 않으면 대놓고 욕을 하거나 때렸습니다. 낮에는 그러지 못했습니다. 보는 눈이 많았으니까. 주로 야간에, 오가는 사람이 없고 승무원들도 고개 숙여 졸고 있을 시간에 그들은 대합실의 주인이었습니다. 추우면 추운 대로 더우면 더운 대로 그들은 대합실의 좋은 자리를 차지했습니다. 심지어 역 대합실 텔레비전의 채널도 자기들끼리 가위바위보를 해서 정하곤 했습니다. 저치들에 끼려면 어떻게 해야 하는 거야? 그걸 내가 어떻게 알아. 여자는? 저 여자는 뭐야? 나도 모른다니까. 쪼가린가? 거참 궁금한 것 많네. 쪼가리는 무슨. 돌아가면서 한 번씩 주는 것 같던데. 쪼가리가 뭐예요? 병철이가 다른 사람들의 대화에 끼어들어 물은 적이 있었습니다. 이거, 이거 몰라? 그중 한 명이 새끼손가락을 펼쳐 병철의 눈앞에서 흔들었습니다. 사람들은 그 여덟 명을 '썩끼'라 불렀습니다. '썩은 년과 일곱 개새끼'를 줄여서. 야, 썩끼 온다, 썩끼. 가자. 이런 식으로 말입니다.

하여튼 그날, 밤이 아닌 낮에 썩끼들이 다시 들어오려던 사람들을 막았습니다. 네 녀석들이 들어오지 않았으면 이런 일이 없었을 거잖아. 여기 살던 우리가 왜 피해를 봐야 하는 건데? 아, 존나 짜증 나. 도대체 하루에 짭새를 몇 번 본 거야? 니들 때문이잖아. 썩끼들은 사람들을 밀어냈습니다. 싸움은커녕 잠깐의 실랑이도 없었습니다. 어어어. 거참. 아아. 밀려나며 내뱉은 것은 알아듣기 힘든 소리뿐이었습니다. 썩끼들에게는 제 것을 지킨다는 당당함이 있었습니다. 그게 무엇이든, 빼앗으려는 자는 지키는 자보다 서너 곱절의 힘을 가지고 있어야 빼앗을 수 있다 하지 않았습니까?

그런 일이 처음 있었겠습니까? 더럽다 더러워. 침을 뱉고 돌아서는 것 말고는 특별한 수가 없었습니다. 원래 그런 것입니다. 언제부터 지들 자리였어? 하늘에 대고 따지는 사람들이 있었습니다. 훗, 그 사람들. 썩끼들이 처음 나타났던 그날 썩끼들을 막지 않았던 사람들입니다. 앉았던 의자에서 한 칸씩 옆으로 밀려날 때, 바닥으로 내려갈 때, 문밖으로 쫓겨날 때 뻗대어 힘 한 번 쓰지 않았던 사람들. 대합실은 그렇게 썩끼들의 자리가 되었습니다.

니들이 여기 전세 냈어? 가끔 처음 온 사람이 소리치고 엉겨 붙어 대합실에 들어간 적이 있기는 했습니다. 오래 버티질 못했습니다. 새벽에 일어나보니 대합실 바깥이더라. 그나마 다행입니다. 피투성이 얼굴을 하고 화장실에 누워 있는 사람도 있었거든요. 그랬습니다. 어쨌거나 그날 병철이는 역에 있었고 대합실에 들어갔었고 처음에는 경찰에게, 다음에는 썩끼들에게 쫓겨났습니다.

병철이 일어나 앉았습니다. 벌써 세 시간째 저러고 있습니다. 누웠다 앉았다. 누웠다 앉았다. 그럴 때마다 머리맡을 더듬어 소주병을 찾습니다. 여름밤. 토큰박스 안에서 잠을 청해본 적 있으십니까? 박스 안의 여름밤은 낮보다 훨씬 힘듭니다. 하나 둘 셋 넷 하며 들이쉰 숨을 잠시 참았다가 다시 하나 둘 셋 넷 하며 내쉬는 호흡법 아시지요? 여름밤은 긴 낮 동안 한껏 받아들인 열기를 그런 식으로 천천히 뿜어냅니다. 새벽 한 시, 새벽 두 시, 세 시, 네 시. 이렇게. 열기는 바닥에서부터 시작해서 박스의 옆면을 감싸 올라

천장에 모여듭니다. 토큰박스를 은근하게 덥힙니다.

병철이 소주를 마십니다. 김이 빠진 미지근한 소주는 병철의 입안을 한 바퀴 돌고 식도를 따라 내려갑니다. 곧 혈관을 타고 병철의 몸을 돌아다니겠지요. 이리저리 휘저을 겁니다. 몸이 나른해집니다. 눈꺼풀이 무겁습니다. 바로 지금입니다. 자리에 누워야 합니다. 술이 깨면 잠도 깰 테니까요. 가능한 빨리 잠이 들어야 조금이라도 더 잘 수 있습니다. 낮이 될 때까지 이렇게 버텨야 합니다.

위잉. 시끄러운 소리가 들립니다. 오토바이 소리입니다. 여름밤이 낮보다 힘든 이유 중 하나입니다. 낮의 소리들은 웅웅거립니다. 구별할 수 없지요. 저 소리는 무슨 소린지, 이 소리는 어떤 소린지 신경 쓸 필요가 없습니다. 게다가 어제 낮의 소리와 오늘 낮의 소리가 별다르지 않습니다. 밤은 다릅니다. 밤의 소리들은 구별이 되려고 애를 씁니다. 어둠 속이니 잘 보이지 않잖아요? 어떻게 하겠습니까. 어떻게든 드러내야지요. 높낮이도, 울리는 정도도 제각각입니다. 밤의 소리는 상상을 자극하고 상상은 잠을 쫓아버립니다. 더구나 여름밤의 오토바이 소리는 어두운 밤 골목에서 마주친 검은 고양이의 두 눈과 같습니다. 손등과 팔의 부드러운 털이 곧추섭니다. 목덜미가 서늘해지고 잠은 달아나버립니다.

저 미친 새끼가, 이 밤에. 병철이 욕을 했습니다. 소주를 마셨기 때문일 겁니다. 하긴 저 정도 욕은 그날 병철이 들은 욕에 비하면 욕 축에 끼지 못합니다. 그날 병철은 욕을 정말 많이 들었습니다.

병신 새끼, 개새끼, 좆같은 새끼, 씨발 놈, 니이미. 차마 모두 옮길 수가 없습니다. 들어본 적 없는 온갖 희한한 욕들도 있었습니다. 그날은 병철의 하루들 중에서 서너 번째 되는 재수 없는 날이었을 겁니다. 두세 번째 되는 운 좋은 날일 수도 있습니다. 지금 병철이 지내고 있는 토큰박스를 발견한 날이었거든요.

다시 자리에 누웠던 병철이 또 일어났습니다. 10분이 채 안 되었습니다. 오토바이 소리 때문일까요? 남은 소주를 마십니다. 텔레비전을 켭니다. 누군지 몰라도 이전에 이 토큰박스를 운영하던 사람이 남겨놓은 텔레비전입니다. 지직거리는 소리와 흐린 화면을 가진 낡은 텔레비전이지만 토큰박스 안의 유일한 빛입니다. 영화를 방영하는 날이면 병철은 주먹을 쥐고 소리도 질러가며 영화를 봅니다. 누가 들을까 걱정하지도 않습니다. 토큰박스 안의 소리는 밖으로 잘 새나가질 않거든요. 영화를 볼 때만 소리를 지른 것은 아닙니다. 뉴스를 들으면서도, 시사프로그램을 보면서도 소리를 질렀습니다. 혼자서 욕도 하고 대답도 하고. 아무도 듣지 못한다는 것을 알면서도. 그걸 아니까 더욱 큰 목소리를 냈습니다. 역 광장 벤치에서 날이 지난 신문을 펼쳐놓고 중얼거리던 것이 무슨 말이었는지 그제야 알아들을 수 있었습니다. 한참 소리를 지르고 나면 무엇이라도 된 듯 어깨를 으쓱하기도 했습니다. 소리를 지르는 병철의 모습을 상상하고 있으십니까? 생각보다 재미있지요?

병철이 자리를 잡고 앉았습니다. 텔레비전 채널을 이리저리 돌립니다. 오늘 밤은 자는 것을 포기했나 봅니다. 잘 나오지 않는 화면이지만 이제는 익숙해졌겠지요. 무얼 보려나요? 여자들이 걷고 있습니다. 속옷만 걸치고. 이상한 속옷들. 패션쇼입니다. 잠 못 드는 여름밤, 아무도 없는 캄캄한 토큰박스 안에서, 소주 한 병을 마신 남자가 홀로 여자 속옷 패션쇼를 보고 있습니다. 굳이 말씀드리지 않겠습니다. 끝나면 잠은 잘 오려나요.

어찌되었건 이 토큰박스는 병철에게는 럭키박스입니다. 썩끼들의 눈치를 보지 않고 편하게 지낼 수 있는 숙소입니다. 낮이면 에어컨을 켤 수도 있습니다. 구형 에어컨이지만 구형, 신형을 가릴 입장은 아닐 겁니다. 크기도 저 정도면 적당하고. 아직은 쓸 만한 바람을 만들어냅니다. 병철의 시원한 여름 한낮을 책임지고 있습니다. 병철은 아무리 더워도 밤에는 에어컨을 틀지 않습니다. 딱 한 번, 토큰박스에 들어온 다음 날 밤 에어컨을 켜본 병철은 곧바로 에어컨을 꺼버렸습니다. 아마 실외기 소리 때문이었을 겁니다. 실외기 소리가 좀 크거든요. 낮에는 실외기가 돌아가는 소리가 다른 소리에 묻혀서 구별되지 않지만, 밤에는 실외기 소리만 온전히 남아 인도와 도로를 채웠습니다. 토큰박스에 사람이 살고 있다. 토큰박스에 사람이 살고 있다.

그날, 아주 더웠던 그날 병철이 역을 나와서 두 시간 정도 걸었을 때 이 토큰박스를 발견했습니다. 인도로 난 유일한 구멍—계산대 구멍—은 안으로 덧댄 골판지 조각으로 막혀 있었습니다. 그 위

'교통 카드 판매, 충전'이라 쓰인 금속성 스티커의 모서리는 휜 채 벌어져 있었고, 주름지고 갈라진 살색 테이프는 스티커의 아래위로 반은 붙고 반은 떨어져 살랑거렸습니다. 병철은 박스를 한 바퀴 둘러보았습니다. 차도로 향한 박스의 옆면에 현수막이 걸려 있었습니다. 당신의 하루를 응원합니다. 자세히 보아야 어렴풋이 알아볼 수 있을 정도로 낡은 현수막이었습니다. 아래로 쓰인 작은 글씨들은 흐려져 알아볼 수 없었습니다. 그냥 무심한, 그저 그런 광고였겠지요?

박스 옆에 놓인 음료수 자판기의 유리는 깨져 있었고 음료수 캔 모형만 남아 있었습니다. 병철은 토큰박스의 문을 잡아당겼습니다. 열리지 않았습니다. 잠시 생각을 하던 병철은 박스의 문 밑으로 손을 넣어 쓱 하고 훑었습니다. 그러더니 씩 웃는 겁니다. 피딱지가 붙어 있는 병철의 입술 사이로 작은 웃음소리가 흘러나왔습니다. 열쇠였습니다. 병철은 고개를 뒤로 빼내 낡은 현수막을 한번 쳐다보고는 문을 열었습니다. 문을 열고 들어간 병철은 문을 잠갔고 쓰러지듯 자리에 누웠습니다. 그날은 힘든 하루였거든요.

퍽퍽. 쨍그랑. 뭔가 깨지는 소리입니다. 무슨 일인가요? 마트 쪽입니다. 토큰박스의 맞은편에는 마트가 있습니다. ㄹ마트라고 이 동네 사람들이 즐겨 찾는 마트입니다. 소리는 그쪽에서 났습니다. 마트 맞은편 가로등 불빛이 비치는 밝은 쪽에서 한 걸음 정도 안

쪽, 어둠 속에서 무언가 움직입니다. 무엇이 무엇을 하는지 알 수 없습니다. 유리병이 깨지는 소리가 몇 번 더 들렸습니다. 그러고 보니 병철이 보이지 않습니다. 언제 어디로 사라진 걸까요? 볼일을 보러 간 것일까요? 바깥 공기를 쐬러 나간 것일 수도 있겠지요? 병철도 방금 그 소리를 들었을까요? 가로수에 머리를 대고 볼일을 보다 깜짝 놀라 바지를 적시지는 않았겠지요?

그 구석은 마트에서 나온 종이상자와 폐지를 모아놓는 자리입니다. 매장을 정리하고 남은 종이상자를 접어 그 자리에 쌓아놓습니다. 새벽 다섯 시쯤 되면 할아버지와 할머니 그러니까 노부부가 나타나서 종이상자를 주워 갑니다. 노부부는 그냥 오는 게 아닙니다. 승합차를 타고 옵니다. 다른 곳을 들렀다 오는 것인지 3분의 2 정도 폐지로 차 있는 승합차에 종이상자를 싣기 시작합니다. 한 시간쯤 지나면 작업이 끝납니다. 전단 한 장 남겨놓지 않습니다. 깨끗이 정리를 하고 승합차는 떠납니다. 집으로 가는지 또 다른 곳을 들르는지는 알 수 없습니다. 어쨌건, 지금은 아닙니다. 두세 시간은 더 지나야 노부부가 옵니다. 누굴까요? 저 종이상자에 손을 대는 용감한 사람은.

마트에서는 상품을 진열한 후 남겨진 빈 종이상자들을 오후 서너 시쯤에 일부 먼저 내어놓기도 합니다. 어떻게 알았는지 얼마 지나지 않아 노부부가 나타나 종이상자들을 실어 갑니다. 그때는 승합차가 아니라 경차를 끌고 옵니다. 정말 대단하지 않습니까? 승합차와 경차라니. 그 오후에 나타나는 사람이 한 명 더 있었습니다. 손수레를 미는 할머니 한 분이 가끔 왔습니다. 말이 손수레지 크기는 바퀴 달린 시장바구니 정도입니다. 손수레에 실어봐야 얼마나 싣겠습니까. 손수레 할머니는 그나마 손수레도 채우지 못한 채 서둘러 자리를 뜨곤 했습니다. 왜 그러는지 알 수 없지만 분명한 것은 노부부가 있을 때는 손수레 할머니가 나타나지 않는다는 겁니다. 간혹 손수레 할머니가 먼저 다녀간 흔적이라도 있을라치면 노부부 할머니는 할아버지에게 무어라 소리를 지르며 할아버지를 꼬집었습니다. 아프다. 아프다. 그때마다 할아버지는 비명을 질렀습니다.

어제 오후였습니다. 어제도 마트에서 종이상자를 내놓았습니다. 아이스크림이랑 음료수 상자가 특히 많았습니다. 날이 더웠으니까요. 손수레 할머니가 나타났습니다. 손수레 할머니가 종이상자를 손수레에 실었습니다. 어제 얼마나 더웠습니까? 손수레 할머니는 머리를 감싸고 있던 수건을 풀어 땀을 닦았습니다. 다시 수건으로 머리를 싸려는데 노부부가 나타났습니다. 주차를 정말 잘하더군요. 할아버지는 한 번의 후진으로 갓길에 주차를 했습니다. 노부부 할머니가 조수석에서 내렸고 빠른 걸음으로 손수레 할머니에게 다가갔습니다. 손수레 할머니의 머리를 감싸고 있던 수건을 홱 하고 벗겨버렸습니다. 손수레 할머니는 그 자리에 가만히 서 있었고 이어서 할아버지가 와 노부부는 손수레 할머니를 둘러싸고 고함을 쳤습니다. 고함이 얼마나 컸는지 마트 안에 있던 사람들이 몰려나왔습니다. 마트 직원들. 시장바구니를 든 아줌마들. 손수레 할머니를 세워놓은 채 노부부 할머니는 삿대질을 했고 할아버지는 손수레에 실려 있던 종이상자를 경차로 옮겨 실었습니다. 아무도 말리지 않았습니다. 아마 더워서 그랬을 겁니다. 종이상자를 모두 옮겨 실은 할아버지가 노부부 할머니의 팔을 잡아끌었지만 노부부 할머니는 움직이지 않았습니다. 손수레 할머니에게 몇 마디를 더 하더니 손수레를 들어 길바닥에 내동댕이쳤습니다. 발로 손수레를 밟았고 손수레의 바퀴 한쪽이 떨어져 나갔습니다. 노부부 할머니에게 저런 힘이 있었는지 할아버지는 알았을까요? 노부부는 경차를 타고 돌아갔습니다. 손수레 할머니는 손수레와 떨어져 나간 바퀴 한쪽을 들고 횡단보도에 섰습니다. 마트 안에서 직원 한 명이 나와 손수레 할머니의 팔목에 봉지 하나를 걸어 주었습니다. 라면과 부탄가스였습니다. 손수레 할머니는 고개 숙여 인사를 했고 길을 건넜습니다. 병철이는 뭘 했냐고요? 병철이 뭘 할 수 있었겠습니까? 그냥 보았지요. 이 동네 사람들은 병철이가 토큰박스에서 지내고 있는 것을 모릅니다. 몰라야 하고요.

참. 좀 전에 하다 만 이야기가 있지요. 병철이 토큰박스를 발견한 그날, 역 대합실에서 무슨 일이 있었는지. 병철에게 그날은 분명 힘들고, 분명 운이 좋은 하루였을 겁니다.

그날 정말 덥기는 더웠나 봅니다. 아니면 병철이 어디 아팠든지. 병철이는 썩끼들에게 둘러싸여 욕을 들어가면서도 대합실 내에서 버텼습니다. 썩끼들은 한 시간 동안 병철이를 둘러싸고 욕을 했습니다. 역무원이나 오가는 다른 사람들의 눈이 있었기 때문에 주먹으로 때리거나 발로 차지는 못했지만, 손가락으로 어깨를 툭툭 건드리거나 머리를 이리저리 밀었지요. 그래도 병철이는 대합실에서 나가지 않았습니다. 가능한 한 오래도록 에어컨 바람을 쐬고 싶었던 걸까요? 그만큼 덥기는 했거든요.

야. 비엉처리. 이 비엉처리. 썩끼들 중 한 명이 병철이의 이름을 불렀습니다. 욕 같은 느낌. 아시겠지요. 따라 해보시겠습니까? 이 비엉처리. 썩끼들이 병철이의 이름을 불렀을 때 병철은 주먹을 불끈 쥐었습니다. 화가 많이 난 것 같았습니다. 하지만 병철이는 혼자였고, 저쪽은 여덟 명이었습니다. 병철은 아무 일도 벌이지 않았습니다. 사람들은 대합실 바깥 창문으로 지켜보고 있었습니다. 그 사람들도 별다른 수가 없기는 마찬가지였을 겁니다.

병철은 결국 자리에서 일어났습니다. 무거운 배낭. 여름부터 겨울까지 입을 수 있는 옷들과 여분의 신발들, 무료 급식소에서 받아 놓은 빵 두 개와 휴가 나온 군인이 주고 간 건빵 봉지, 그리고 우연히 주웠지만 병철이 제일 좋아하는 책인 카네기의 『인간관계론』, 《맥심》 11월호가 들어 있는 배낭을 메고 대합실의 자동문이 열리기를 기다렸습니다. 그 짧은 시간에 썩끼들은 '이 비엉처리'를 합창하듯 불렀습니다. 병철이는 돌아보지 않았습니다. 자동문이 열렸습니다. 대합실 밖에서 구경하던 사람들이 다가왔습니다. 일부는 병철이에게 말을 걸었고 일부는 병철이의 어깨를 두드리려 했습니다. 괜찮아. 괜찮아. 병철은 서너 발 뒤로 물러났습니다. 그리고 등 뒤로 손을 뻗어 배낭을 더듬었습니다. 배낭에 달려 있던 등산용 컵을 만졌고, 배낭 뒷주머니에서 반쯤 빠져나와 있던 우산을 다시 밀어 넣었습니다.

그늘은 대부분 주인이 있었습니다. 병철은 분수대 그늘이 늘어진 마지막 부분에 가서 누웠습니다. 손바닥만 한 그늘에 얼굴을 두고, 그늘이 위치를 바꿀 때마다 얼굴과 몸을 옮겼습니다. 병철은 해시계 시침이 되었습니다.

저녁 일곱 시가 되었습니다. 여전히 밝았습니다. 병철의 배에서 꼬르륵 소리가 났습니다. 병철은 배낭에서 크림빵을 꺼내어 냄새를 한 번 맡고는 한입에 쏙 하고 먹었습니다. 사흘 전 급식소에서 받은 빵이었습니다. 보통 한 번에 한 개씩만 먹는데, 그날 병철은 가지고 있던 빵 두 개를 다 먹었습니다. 배가 많이 고팠을 겁니다. 무료급식소까지 걸어가기에는 너무 더운 그런 날이었거든요.

밤이 되었습니다. 마지막 기차가 오고 갔습니다. 모두 잠자리에 들 시간이 되었습니다. 지하도로 가는 사람들, 공원 벤치에 자리를 잡은 사람들. 병철은 한 곳에 자리를 잡지 않았습니다. 역 광장을 배회했습니다. 가끔 배를 움켜쥐며 몸을 구부리기도 했고, 배낭을 옆에 벗어둔 채 화단 담장을 붙잡고 손으로 등을 두드리기도 했습니다. 뭔가를 토해내는 것 같았습니다.

한동안 배낭 옆에 가만히 앉아 있던 병철이 갑자기 자리에서 일어났습니다. 배낭을 들쳐 메고 대합실로 들어갔습니다. 각자의 자리에서 잠을 청하던 사람들 모두 고개를 들어 병철을 보았습니다. 대합실로 들어간 병철은 곧바로 역무원에게 갔습니다. 무슨 일? 병철을 올려다보는 역무원에게 병철이 말했습니다. 배낭 좀 지켜주세요. 부탁드립니다. 병철의 얼굴은 일그러져 있었고 목소리는 쥐어짜듯 겨우 나오는 것 같았습니다. 역무원이 대답을 채 하기도 전에 병철은 몸을 돌렸습니다. 그리고 에어컨 아래, 대합실에서 가장 시원한 곳, 썩끼들 중 유일한 여자와 빨간 모자를 쓴 남자가 잠을 청하는 자리로 향했습니다. 그들은 그 자리에 없었습니다. 텔레비전을 보고 있던 썩끼들은 병철이의 걸음을 따라 시선을 옮겼습니다. 어? 한 명이 외마디 소리를 내었습니다. 나머지들도 소리치기 시작했습니다. 뭐야? 저거. 막아.

에어컨 아래, 대합실에서 가장 시원한 그 자리에 도착한 병철은 바지를 내렸습니다. 속옷까지 내린 채 웅크려 앉았습니다. 푸지직. 똥을 싸버렸습니다. 설사였습니다. 난리가 났습니다. 화장실에 가려다 참을 수 없어서 그런 것인지, 일부러 그런 것인지는 알 수 없습니다. 확실한 것은 냄새가 정말 지독했고, 양이 많았다는 겁니다. 썩끼들부터, 역무원들까지 모두 몰려와 병철을 둘러쌌지만 가까이 가지 못했습니다. 감히 다가갈 수 없었을 겁니다. 병철이 볼일을 다 볼 때까지 모두 지켜보기만 했습니다. 사방이 닫힌 대합실에 병철의 방귀 소리가 울렸고 구린내가 가득했습니다. 볼일을 다 본 병철이 자리에서 일어났습니다. 주위를 한 번 둘러본 뒤 병철이 말했습니다. 미안해요. 병철은 씩 웃었습니다.

배낭을 맡겨놓은 역무원에게로 걸음을 옮기던 병철의 뒤통수를 누군가가 주먹으로 쳤습니다. 병철은 쓰러졌고 썩끼들의 주먹질과 발길질이 이어졌습니다. 20분 정도 맞았을 겁니다. 듣도 보도 못했던 욕들이 그때 다 나왔지요. 병철은 바닥에 웅크린 채 꼼짝 않고 있었습니다. 맞는 사람만큼 때린 사람도 지칩니다. 좀 쉬었다 하자고. 빨간 모자를 쓴 썩끼가 말했습니다. 썩끼들이 씩씩거리며 대기실 의자에 앉아 한숨을 돌리고 있을 때였습니다. 대걸레와 물양동이, 바가지를 든 역무원이 나타났습니다. 이제 그만해. 그만하면 됐어. 급했었나 보네. 이걸로 청소나 해. 역무원은 밀대걸레를 썩끼들에게 건넸습니다. 아니, 이걸 왜 우리한테 주십니까? 싸기는 이놈이 쌌는데. 썩끼들이 역무원에게 대들었습니다. 역무원이 말했습니다. 나는 누가 쌌는지는 관심 없어. 빨리 치우는 것이 중요하지. 저놈이나 네놈들이나. 빨리 안 하면 파출소에 전화할 거야. 지금 저놈 상태로 청소할 수 있겠냐. 네놈들이 저렇게 패놓고. 경찰 오면 네놈들 모두 폭행죄로 쇠고랑이야. 그렇게 할래? 역무원의 말에 아무도 대꾸를 하지 못했습니다. 썩끼들은 병철에게 침을 뱉고 욕을 한 번 더 퍼부은 뒤 청소를 하러 갔습니다.

역무원은 병철을 부축해 일으켰고 역무원실로 데리고 들어갔습니다. 물을 적신 수건을 가져다주며 말했습니다. 역무원 생활 10년 동안 이렇게 통쾌한 적은 없었어. 대단해. 냄새는 좀 나지만 하루 지나면 사라지겠지. 배낭 저기 두었으니까 가지고 나가. 정문으로 나가면 저 녀석들이 가만두지 않을 테니 우리 직원용 문으로 가.

그렇게 역을 나온 병철이 두 시간을 걷다가 발견한 곳이 지금 병철이 지내는 토큰박스입니다. 그날은 병철의 하루들 중에서 서너 번째 되는 재수 없는 날이었을 겁니다. 결과적으로 보면 두세 번째 되는 운 좋은 날일 수도 있겠습니다. 앞에서 한 번 말씀드린 적 있지요? 그냥 그럴 것 같지 않습니까? 설마 그날이 병철 인생 최악의 날이고 병철 인생 최고의 날이겠습니까?

토큰박스 바깥이 시끌벅적합니다. 잠든 지 얼마 되지 않은 병철이가 다시 일어났습니다. 무어라 말을 하는 것 같기는 한데 잘 들리지 않습니다. 짜증을 내는 것이겠지요. 힘들게 들인 잠인데 짜증이 날 만도 합니다. 계산대 구멍을 막고 있던 골판지를 옆으로 치웠습니다. 벌써 날이 새기 시작했네요. 여름이니까. 병철은 눈을 구멍에 갖다 대고 바깥을 살펴봅니다. 사람들이 모여 있습니다. 승합차도 보입니다. 그 노부부가 왔나 봅니다. 그리고 119 구급차도. 무슨 일일까요? 유리병 조각이야. 유리병 조각. 누구야. 누가 깨진 유리병 조각을 상자에 끼워놓은 거야? 노부부 할머니가 소리를 지릅니다. 할아버지는 왼손으로 오른 손목을 잡고 있습니다. 인도에는 옮기다 만 상자들이 흩어져 있습니다. 승합차에 상자를 옮기다 상처가 난 모양입니다. 조심하시지. 그러고 보니 구급차만 온 것이 아닙니다. 경찰차도 와 있습니다. 구급차는 노부부 할머니가 불렀을 테고, 경찰은 누가 불렀을까요? 할머니, 이런 일은 구급차를 먼저 불러야지 경찰을 먼저 부르는 게 말이 됩니까? 경찰관이 노부부 할머니에게 말을 합니다. 아니야. 이건 범인을 잡아야 해. 내가 폐지 주우러 다닌 지 십 년이야. 이 동네가 다 내 구역이야. 지금까지 이런 일이 없었어, 이런 일이. 어떤 놈인지, 년인지 꼭 잡아야 해. 노부부 할머니가 화가 단단히 난 모양입니다. 여기 어디 CCTV라도 있으면 봐야 해. 오늘 새벽에 무슨 일이 있었는지. 예, 예. 할머니 그건 우리가 알아서 할 테니 할아버지나 잘 보살피십시오. 그게 제일 중요한 것 아닙니까. 경찰관이 노부부 할머니를 달랩니다. 구급대원이 할아버지의 오른손을 살펴보기 위해 수건을 풀었습니다. 할아버지 오른손에서 피가 흘러내렸습니다. 피가 너무 많이 흘러서 손바닥인지, 손등인지 구별을 할 수가 없을 정도입니다. 구급대원이 응급처치를 하고 할아버지를 구급차에 태웠습니다. 노부부 할머니도 할아버지를 따라 구급차를 탔습니다. 꼭 잡아야 해. 그놈. 그년. 한 손으로는 구급차 문을 잡고 한 손은 경찰을 가리키며 마지막까지 한마디 했습니다. 네. 경찰들이 대답했습니다. 대답하지 않으면 노부부 할머니는 구급차에서 다시 내릴 기세입니다.

구급차가 떠나간 뒤 경찰관들이 종이상자를 살펴봅니다. 상자 한 장, 한 장씩 옮기면서. 사진도 찍습니다. 이거. 그냥 우연은 아닌 것 같은데. 유리 조각이 너무 많지 않아? 두 장 사이에 하나씩. 딱 찔리기 좋게 끼워져 있네. 아무래도 할머니 말이 맞는 것 같아. 사람들한테 좀 심하게 했어? 이럴 만도 하지. 그나저나 이 근처에 CCTV가 있나? 안 보이는 것 같은데? 경찰관들끼리 이야기를 합니다. 그냥 넘어가지는 않을 것 같습니다. 토큰박스에는 영향이 없겠지요. 없어야 합니다. 저기 토큰박스에는 CCTV 없어? 저거 사용 안 한 지 일 년이 넘었습니다. 그래? 그런데 왜 저기 그대로 둔 거야? 모르죠. 우리 일은 아니잖아요. 그렇기는 하지. 경찰들은 사진을 다 찍고, 종이상자를 정리하고 돌아갔습니다. 종이상자는 그냥 두고 갔습니다. 사진을 찍어두었으니 굳이 가져갈 필요는 없었을 겁니다.

한바탕 벌어졌던 소동이 마무리되었습니다. 벌써 학생들이 버스 정류장으로 몰려듭니다. 한낮은 되어야 병철이 잠을 잘 수 있을 것 같습니다.

제대로 잠을 자지 못한 병철은 종일 비몽사몽간을 헤맸습니다. 그사이 몇 가지 일들이 있었습니다. 다른 할아버지들, 할머니들이 몰려와 종이상자를 나누어 가지고 갔습니다. 손수레 할머니도 다

녀갔습니다. 그리고 차도 쪽 토큰박스 옆면에 누군가 무엇을 했습니다. 쿵. 쿵. 두드리는 소리가 들리기도 했고, 이쯤이면 되겠지? 잘 보일까? 사람들의 목소리도 들렸습니다. 다시 새벽이 되었습니다. 병철이 토큰박스에서 나왔습니다. 병철은 박스를 돌아 차도 쪽으로 향합니다. 새 현수막입니다. 현수막을 달아매는 소리였나 봅니다. 목격자를 찾는다는 내용입니다. 어제 아침에 있었던 사고에 관한 것입니다. 목격자에게 사례하겠다는 글귀도 있습니다. 병철은 현수막을 한참 들여다보다 박스 안으로 들어갑니다. 밖으로 나온 병철은 가위로 현수막 모서리의 줄을 자릅니다. 바닥에 떨어진 현수막을 주워들고는 주위를 한 번 둘러봅니다. 카악. 아스팔트 위로 침을 내뱉고 토큰박스 안으로 들어갑니다.

그렇군요. 새 천이 필요했나 봅니다. 현수막을 곱게 접어 바닥에 깔았습니다. 아무래도 여름에는 땀을 많이 흘리니까요. 오늘밤은 조금 쾌적한 밤이 되겠습니다.

이런 밤이면 병철에게 한마디 건네고 싶습니다.

잘 자, 병철.

호모 XY

오늘은 편지 쓰기 좋은 날이다. 이틀 동안 내린 비에 먼지들이 씻겨 내려갔다. 건너편 산등선에 늘어선 나무들을 한 그루씩 구별할 수가 있을 정도로 맑다. 덩달아 너의 얼굴도 선명하게 떠오른다. 지금 너의 얼굴은 마지막으로 보았을 때와 조금 다르겠지만, 그래도 기억 속의 얼굴이 선명하게 떠오르는 것은 반가운 일이다. 가끔은 너의 얼굴이 명확히 생각나지 않아 마음이 아프기도 했다.

편지를 받아 들고는 고개를 갸웃거렸을 수도 있겠다. 전화를 걸 수도 있고, 메시지를 보낼 수도 있었을 텐데. 편지를. 이메일도 아니고 손으로 쓴 편지라니.

내 글씨를 본 적이 없을 것이다. 하나 정도는 너에게 추억이 되지 않겠니?

너와 너의 엄마가 기차를 타고 여기로 와주었으면 좋겠다.

너와 너의 엄마의 안부가 궁금해서 혹은 너와 너의 엄마와 좋은 시간을 가지고 싶어서, 라고 말하지는 않겠다. 이 편지로 대신하기에는 조금 긴 이야기가 있다. 아무튼 나의 삶이 얼마 남지 않았다는 것과 내가 가진 것들을 누군가에게는 나누어주어야 한다는 사실은 분명하다. 좋은 일에 써달라 기부할 수도 있겠지만, 나는 평생 모은 것들을 얼굴도 모르는 누군가에게 그냥 나누어줄 만큼 착하지 않다. 어차피 내 것이 아니었습니다, 이제 세상에 다시 돌려줄 뿐입니다, 따위의 말들을 나는 믿지 않는다. 내가 가진 것 중 어느 것도 내게 그냥 주어진 것은 없다.

그리고 이제 그것들을 나누어야겠다.

숙소는 예약해두었다. 마음과 몸만 왔다 가거라. 너의 엄마에게도 나의 말을 전해주리라 믿는다.

너의 아빠가.

너와 너의 엄마에게.

론은 편지를 들어 소리 내어 읽었다. 틀린 글자는 없는지, 감정이 과하게 표현되지는 않았는지 살폈다. 편지를 보내는 사람의 감정과 받는 사람의 감정이 다를 때 받는 이가 가지게 될 당황스러움이 두렵기도 했고, 보내는 이 자신은 알지 못한 채 누군가에게 웃음거리가 되는 것 또한 원하지 않았다. 세 번을 소리 내어 읽은 후

론은 만족했다. 론은 똑같은 내용의 편지를 두 통 더 썼다. 주소를 확인했고 맑은 공기를 즐기며 우체국으로 향했다. 평소보다 조금 빠르게 걸었다. 시간이 부족한 것은 아니었다. 마음의 리듬에 맞추어서 걸었을 뿐.

남자가 없어진다고 해서 인류가 멸망하는 것은 아니죠. 남녀 비율이 1대 1이 안 된다고 투덜대는 건 늙은 남자 아나운서와 늙어가고 있는 남자 패널들로 가득 찬 남성 채널의 몫이죠. 나머지는? 나머지는 우리 여성들이 모두 장악했으니까요.

은주는 다음 날 있을 공개 강의의 첫 멘트를 무엇으로 할지 고민하던 중이었다. 벌써 여러 번 다뤄본 강의 주제였고 일반인들을 대상으로 하는 강의다. 평소 같으면 새로운 이야기 한두 개 섞어 준비하면 될 일이었다. 하지만 이번 강의는 달라야 했다. 유튜브에 공개하기 위해서 계획된 강의였다. 한국 사회, 지난 50년 무엇이 변했나? 유튜브 유료서비스 한국 론칭 50주년 기념으로 기획된 연재 강의 프로그램이었다. 은주는 그중 세 번째 '다시, 어머니에게로'를 의뢰받았다. 은주의 삶에서 이정표가 될 수도 있는 강의였다. 좀 더 도발적이어야 하고 큰 반향을 일으킬 수 있어야 했다. 사람들의 관심을 끌기에는 강의 제목이 조금 약했다. 강의의 첫 멘트가 더욱 중요했다. 그때 그녀의 딸에게서 전화가 왔다.

"엄마, 준비는 잘 돼?"

핸드폰을 테이블 위에 내려놓고 스피커 모드로 바꿨다. 손을 노트북 자판에 얹어놓은 채 말했다.

"그냥 그래. 첫 멘트가 잘 안 떠오르네. 뭐 생각나는 것 없어?"

그녀의 딸은 이번 강의가 은주에게 얼마나 중요한지 알고 있었다. 한층 밝은 목소리로 대답했다.

"어제 말한 그거 좋던데. 남자가 없어진다고 해서 인류가 멸망하는 것은 아니죠. 그 정도면 호기심을 불러일으키기에 충분해. 너무 많이 생각하지 마. 엄마가 평소에 하던 대로 하면 될 거야. 엄마 강의는 일부러 꾸미지 않아도 귀에 쏙쏙 들어오거든."

딸은 언제나 은주에게 힘이 되었다. 단순히 격려를 뜻하는 것은 아니었다. 은주는 딸의 판단과 조언을 믿었다. 딸의 인식은 객관적이며 딸의 판단은 논리적이라고 생각했다. 자신의 젊은 시절보다 훨씬.

"엄마가 잘하고 있나 걱정이 돼서 전화했어?"

"아니, 그건 아니고. 엄마한테 말 안 한 게 있어서. 어제 아빠한테서 편지가 왔어. 손으로 쓴 편지. 기차표를 같이 보냈더라고. 엄마랑 나랑 오래. 어디가 아픈가 봐. 여생이 얼마 없다는 이야기도 있고, 가진 것을 나눈다는 이야기도. 사진으로 찍어서 보낼 테니까 한번 보라고."

은주는 딸이 론을 두고 아빠라 부르는 것이 마음 아팠다. 같이 살았던 시간이 3년밖에 되지 않았음에도 아빠에 대한 애틋한 마음을 가지고 있다는 것이 신기하기도 했다. 사춘기까지 한 달에 한 두 번씩 딸을 만나러 왔던 론의 정성 때문이기도 했다. 한 손에 두 발이 다 들어가던 어린 딸을 안으며 웃던 론의 표정은 우리 큰딸이 대학생이 되었다며 큰 소리로 웃던 론의 얼굴에 그대로 남아 있었다. 론이 결혼하자 말을 꺼내었을 때 거절했던 것을 은주는 가끔 후회하기도 했다. 그때 결혼했다면 론은 좋은 아빠가 되었을 것이다. 딸은 지금보다 조금 더 행복했겠지. 내 인생은? 지금과는 많이 달라져 있겠지.

딸이 네 살이 되어 어린이집에 갈 수 있게 되었을 때 은주는 론을 집에서 내보냈다. 결혼하지 않았으니 서류 따위를 들고 다툴 필요는 없었다. 당신이 내 인생을 왜곡하고 있다고. 이대로 시간이 지나면 당신을 원망하게 될 것이라고. 론은 그렇게 집을 나갔다. 론을 찾으며 울던 딸은 곧 론이 없는 저녁에 익숙해졌다. 중학생이 되던 날 딸이 은주에게 이야기했다. 엄마의 선택이 이성적인 판단이라고. 엄마의 선택이 옳았다고.

아르바이트를 마치고 돌아온 민수는 엄마의 화장대에 놓인 편지를 보았다. 수신인에 자신의 이름이 쓰여 있었다. 나에게 온 편지를 왜 엄마가 가지고 있을까. 민수의 궁금증은 곧 풀렸다. 발신인이 론이었다. 론. 그가 왜 나에게 편지를. 잊은 자식이 아니었던가. 처음 7년 동안은 기다렸다. 나에게도 아빠가 있다는 것을 자랑하고 싶었고, 나의 이름을 부르는 그와 함께 공을 차며 놀고 싶었다. 침대에 누워 서로의 옆구리를 간지럽히다 엄마에게 혼나는 상상을 했었다.

다음 7년 동안은 실망했다. 그와 결혼하지 않은, 그를 잡지 못한 엄마가 미웠다. 최소한 사랑이라도 했었어야지. 엄마는 론과 우연히 만나 우연히 널 가진 것이라 민수에게 말하곤 했다. 당당하게 보내지도 못했고, 그렇다고 매달려 붙잡지도 못했다고. 이럴 줄 알았으면 남들 다 하는 결혼이라도 하자고 졸라볼 것을. 엄마는 술에 취한 날이면 민수를 앉혀놓고 미안하다는 말을 쉼 없이 뱉어냈다. 내가 그때 론과 결혼이라도 했으면 네가 이렇게 힘들게 살지 않아도 되었을 텐데. 어려서 그랬어, 어려서. 사랑은 하되 구속하지는 말며, 아이를 가지더라도 그것이 곧 결혼은 아니라는 젊은 여자들의 유행을 흉내만 내지 않았어도. 가진 것 없는 술집 년이 허영만 가득 차 세상을 약게 살지 못했어. 자책했다. 민수는 어렸지만 엄마의 말이 어떤 의미인지 어렴풋이 알 수 있었다. 당연히 했어야 할 일을 하지 않았다는.

그리고 다음의 7년 동안은 증오했다. 세 번째 7년이 시작되던 해, 론이 민수에게 준 유일한 선물, 장난감 자동차는 책상 오른쪽 위 모서리에서 사라졌다. 민수가 태어나던 날 민수의 얼굴을 보고 이름을 지어준 이후 딱 한 번 민수를 찾아왔던 론이 주고 간 장난감이었다. 론은 민수의 엄마는 쳐다보지 않은 채 민수의 얼굴만 바라보다 돌아갔다. 민수는 그가 자신의 아빠라는 것도 알지 못했다. 그가 돌아간 이후 엄마가 말해주었다. 민수의 생일이면 잊지 않고 론이 돈을 보내왔지만, 그것이 위로가 되지는 않았다. 론이 보낸 용돈이라고 엄마가 민수에게 전해주어도 민수는 그 돈을 쓰지 않았다. 엄마 가방에 다시 넣었다. 마음 같아서는 그 돈을 찢어버리고 싶었지만, 형편을 알기에 차마 찢을 수는 없었다. 고급 룸살롱에서 단란주점으로, 단란주점에서 카페로, 카페에서 노래방으로. 엄마가 이 바닥을 떠나지 못하는 것은 민수 자신 때문이며, 민수 자신은 론 때문에 태어난 생명이었다. 론은 모든 것의 시작이었다.

민수는 엄마가 론을 만나러 갈 것인지 궁금했다. 볼품없는 모습을 보여주기 싫다. 가지 않겠다. 고집을 부릴 것 같았다. 만약 엄마가 가지 않겠다면 화를 내서라도 데리고 갈 것이라 마음먹었다. 엄마를 위해서가 아니라 내 인생을 위해서 같이 가자고. 평생 신세한탄을 하며 살 수는 없다고. 욕할 것은 욕하고 받을 것은 받아야겠다고.

살아갈 날이 얼마 남지 않았다는데. 얼마나 심각한 병에 걸렸는지 몰라도 꼭 그 얼굴을 앞에 두고 껄껄대며 웃어줄 것이다. 당신 마지막이 이리 될 줄 알았노라 말해주고 싶었다. 그러고는 당신이 가진 것 중 내 몫을 내놓으라 말하리라. 당신이 당신의 다른 자식들에게 준 것들과 비교하면 내가 받은 것이 가장 적지 않느냐. 마지막 가는 길이니 이제라도 형평을 맞춰라. 가장 많이 내놓아도 좋다. 당당히 요구하리라. 민수는 연습장에 반복해서 썼다. 그리고 거울을 보며 연습했다.

선애는 론을 만날 것을 생각하니 설렜다. 그리고 마음이 아팠다. 그가 아프다니. 어디가 어떻게 아픈지, 고칠 방법은 없는지 당장이라도 전화를 걸어서 물어보고 싶었지만 전화번호를 알지 못했다. 딸아이는 론의 전화번호를 알고 있을 것 같아 물어보았지만 말해주지 않았다.

론은 가끔 연락 없이 나타났다. 공교롭게도 선애가 집에 없는 날이면 문 앞에 메모를 남겨두고 돌아갔다. 그냥 잘 지내는지 보고 싶어서. 그런 날이면 선애는 잠을 이루지 못했다. 집을 비웠던 자신을 탓했다. 결혼한 것도 아니고, 그냥 여러 아이의 아빠들 중 한 명일뿐인데 왜 그렇게 집착을 하냐며 딸아이가 따지듯 물었다. 네 아빠야, 그러면 안 돼. 네 아빠야. 선애는 똑같은 말을 반복했다. 차라리 사랑이라고, 내 핑계 대지 말고 솔직하게 이야기하라고 딸아이는 선애를 다그쳤다. 그때, 왜, 론과 결혼하지 않았어? 딸아이가 물었다. 그때 나는 다른 사람의 아내였어. 네 오빠의 아빠의 아내였어. 론의 잘못이 아니야. 선애는 대답했다.

그래도 선애를 가장 이해해주는 자식은 딸아이였다. 딸아이의 오빠와 남동생은 엄마의 사랑에 관심이 없었다. 그들은 그들 각자의 아빠와 너무나도 많이 닮아 있었다. 오빠의 아빠는 근육을 자랑하는 남자였다. 강한 완력과 큰소리, 앞뒤 재지 않는 무모함이 남자를 구성하는 3대 요소라 생각했다. 어린 선애는 그것이 멋이라 여겼다. 남자가 마음을 원했을 때 마음을 주었고, 몸을 원했을 때 몸을 주었다. 그들은 결혼했고, 남자는 선애의 마음과 몸, 시간과 돈까지 가져갔다. 선애가 론의 아이를 가졌을 때 남자의 자존심은 땅에 떨어졌다. 선애에 대한 배신감보다는 누군가에게 졌다는 패배감이 더 컸다. 남자는 선애의 사랑을 다시 얻기 위해 애쓰지 않았다. 자존심을 세워줄 다른 여자를 찾아 나섰고, 선애는 곧 남자와 이혼했다. 남동생의 아빠는 선애가 첫 이혼을 하고 론의 아이를 낳은 지 얼마 되지 않아서 만났다. 달콤한 말과 선물을 늘어놓던 남동생의 아빠는 선애로부터 나올 것이 없다는 것을 확인한 순간 뒤돌아보지 않고 떠났다. 선애와 딸아이는 근육맨의 후손과 사기꾼의 후손 사이에서 서로 기대며 고군분투했다.

정작 선애와 론이 서로 사랑한 시간은 얼마 되지 않았다. 근육맨의 아내이던 시절부터 근육맨과 이혼할 즈음까지. 얼마 되지 않는 시간 동안 그들은 서로 사랑했다. 선애는 딸아이가 론의 아이라는 사실을 론에게 말하지 않았다. 근육맨의 아내이던 때였다. 선애는 딸아이가 근육맨의 아이로 자라나리라 생각했다. 헤어지자. 그러자. 선애가 말했고 론이 대답했다. 뒤늦게 딸아이가 자신의 딸임을 알고 론이 선애를 찾아왔을 때 선애는 사기꾼의 아이를 가지고 있었다. 그들은 그렇게 엇갈렸다.

진정한 사랑이 아닐지도 몰라. 그냥 애틋함인 거지. 엇갈린 만남과 짧은 사랑에 대한 아쉬움, 같이 살아보지 못한 상대에 대한 환상일 거야. 딸아이는 선애에게 이렇게 말을 하면서도 한편으로는 아무렴 어때. 이유가 어떻든 그 애틋함이 엄마를 아직도 설레게 하잖아. 살찐 엉덩이와 허벅지를 긁으며 지새우는 가려운 밤보다는 누군가를 그리워하며 심장이 뛰는 것을 느끼는 밤, 눈물 흘리는 밤이 더 좋은 거잖아, 하고 생각하기도 했다.

론의 예고 없는 방문은 3년 전이 마지막이었다. 편지의 내용과 관계없이 론을 만난다는 설렘에 호들갑을 떠는 선애를 딸아이는 이해했다.

가장 먼저 도착한 것은 민수와 민수의 엄마였다. 그들은 기차를 타고 오는 동안 한 마디도 나누지 않았다. 기차를 타기 직전까지 민수의 엄마와 민수는 실랑이를 벌였다. 민수의 엄마는 론을 만나고 싶지 않았다. 민수는 가야 한다며 고집을 피웠다. 민수의 엄마는 론의 다른 여자들과 함께 자리하는 것이 두려웠다. 론의 눈길이 자신을 제외한 다른 여자들에게만 향하는 것을 민수가 알게 될까 겁이 났다.

그녀는 술집 여자로 론을 만났다. 아주 예쁘거나, 아주 몸매가 좋거나, 아주 싹싹한 아가씨는 아니었다. 룸에 들어온 손님들과 숫자를 맞추기 위해서 준비된 어린 여자였다. 그런 그녀를 론이 안아

주었다. 처음에는 적당한 파트너가 없어서 론이 자신을 선택했다 믿었다. 그러나 두 번, 세 번 짧은 간격으로 론이 찾아와 자신을 불러주자 우연이 아닐 수도 있다 생각했다. 그녀는 론을 술집이 아닌 바깥에서 따로 만나기 시작했고 곧 민수를 가졌다.

민수가 태어나던 날까지 론은 그녀의 곁을 지켰다. 그녀가 일을 나가지 않고 집에서만 지낼 수 있게 했다. 마치 남편이 된 것처럼. 론이 '사랑한다'는 말을 한 적은 한 번도 없었다. 그녀는 론의 행동이 사랑이라 믿었다. 잠깐, 아주 잠깐 그녀는 론과의 결혼을 꿈꿨다.

꿈은 오래가지 않았다. 민수가 태어난 다음 날 론은 떠났다. 아이를 위해서 자신이 할 수 있는 일은 다 했노라. 우리의 인연은 여기까지니 미련을 갖지 말라. 가끔, 아주 가끔씩 시간이 나면 아이를 보러 올 수도 있겠지만 약속할 수는 없다. 오더라도 널 만나기 위해 오는 것은 아니니 기대하지 마라. 론이 남겨놓은 쪽지였다. 그녀는 차마 민수에게 쪽지에 대해 말할 수 없었다.

선애의 딸아이는 론을 만나는 것이 내키지 않았다. 엄마는 론이 자신의 아빠라고 이야기했지만, 확인된 적 없는 이야기였다. 사실이라고 한들 딸아이에게는 의미가 없었다. 지금 세상에서 아빠의 존재가 무어 그리 중요한가. 그들의 존재가 딸아이에게 기쁨이 된 적은 없었다. 남자? 남자가 꼭 필요한가? 정서적인 만족은 엄마와 친구들과의 교감으로도 충분했다. 성적인 쾌감은 남자가 주는 것보다 오히려 기계가 주는 쾌감이 더 나았다. 아이를 원한다면 안전하고 검증된 정자를 구해 임신하면 될 일이었다.

딸아이는 가끔씩 불쑥 찾아와 엄마의 마음을 흔들어놓고 가는 론이 싫었다. 그가 왔다 가는 날이면 선애는 잠을 설쳤고, 이후로 한동안 아무 일도 하지 않은 채 눈물만 흘렸다. 그런 엄마를 보고 싶지 않았다. 딸아이는 한 번도 론을 아빠라 부른 적 없었다. 선애가 론을 앞에 두고 아빠라 불러보라 재촉을 했지만 딸아이는 고개 숙여 인사만 할 뿐이었다. 그를 아빠라 부르지도 않았고, 그의 얼굴을 쳐다보지도 않았다. 딸아이는 얼마 남지 않았다는 론의 인생에도, 그가 나눠준다는 재산에도 관심이 없었다. 딸아이가 기차를 탄 것은 선애 때문이었다. 혼자 기차를 태워 보내면 론에게 가서 어떻게 할지 알 수 없었다. 늦었지만 이제라도 함께하자. 론의 남은 인생 동안 론의 곁을 지키겠다. 선언해버릴지도 모르는 일이었다. 선애를 따라나선 것은 선애를 막기 위해서였다.

론이 지정해준 호텔로 들어갔다. 선애의 이름을 말하자 데스크에서는 예약된 방 열쇠와 론이 남겨놓은 쪽지를 전했다.

오느라 수고했네. 일단 짐을 풀고 쉬어. 조금 있다가 저녁에 다 같이 보았으면 좋겠어. 1층 로비에 있는 레스토랑을 예약해두었어. 저녁 일곱 시. 호텔 뒤 호숫가 산책로가 잘 만들어져 있으니까 미리 한 바퀴 돌아보는 것도 좋고. 좀 이따 봐. 론.

은주의 마음은 경쾌했다. 론을 만나러 간다는 기대감 때문은 아니었다. 얼마 전 녹화한 유튜브 강의에 대한 사람들의 반응이 좋았다. 이번 기회에 단독으로 강의 채널을 만들어보는 것이 어떻겠냐는 제안도 비공식적으로 있었다. 은주의 딸은 기차를 타고 오는 동안 마음이 무거웠다. 론의 편지를 받은 이후로 마음이 편치 않았다. 론이 자신에게 많은 정을 주었다는 것을 알고 있었다. 어린 시절 아빠가 필요한 자리에 론은 빠지지 않고 나타났다. 속상한 일이 있거나 은주에게 말하지 못할 문제가 있을 때는 론을 기다렸다. 론이 오면 은주의 딸은 론의 손을 꼭 잡고 집 근처 산책로를 걸으며 론에게 이야기했다. 론의 손은 따듯했다.

여생이 얼마 남지 않았다는 말이 계속 머리를 맴돌았다. 얼굴을 보지 못한 지 9년이었다. 그동안 큰 병을 얻은 것인지. 아니면 마음의 병을 얻어 론이 엉뚱한 상상을 하는 것은 아닌지. 엄마의 판단이 이성적인 판단이라고 옳은 선택이었다고 엄마에게 말했지만, 마음 한구석에는 아직도 론과 은주가 결혼해 같이 살았으면 하는 바람이 남아 있었다. 바람은 바람일 뿐이다. 은주가 이루고 있는 성취를 보노라면, 결혼하지 않고 자신의 삶을 만들어간 은주의 선택이 그녀 자신을 위해서는 최선이었다는 것을 의심할 수 없었다. 은주의 딸은 은주가 자랑스러웠다.

기차에서 내릴 즈음 은주의 딸은 다짐했다. 론을 만나더라도, 론이 불쌍해 보이거나 아파 보여도 필요 이상으로 반응하지 않겠다고. 그와 은주 사이의 선택이었을 뿐, 내가 관여할 일이 아니라고. 농담으로라도 두 분이 결혼하는 것은 어떤지 말하지 않을 것이라고.

세 명의 엄마와 세 명의 아이들 모두 적당한 시간에 호텔에 도착했다.

론은 가슴 가득 숨을 들이마셨다가 천천히 내쉬었다. 이제 여자들을 만나야 한다. 솔직히 이야기해야겠지. 그들은 인사를 나누었을까? 서로 무어라 소개했을까? 론은 그들 중 누구와도 결혼하지 않았다. 론의 아이들의 엄마들이지만, 론의 아내였던 여자는 없었다. 그건 내 잘못이 아니야. 그녀들이 원했던 것이기도 해. 전부는 아니지만. 론은 중얼거렸다. 결혼하지 않고 살아가는 사람들이 얼마나 많은데. 결혼이 반드시 거쳐야 할 통과의례는 아니잖아.

아이를 가질 수는 있지만, 그것이 결혼할 이유가 되지는 않는다고. 은주가 론에게 했던 말이었다. 그때 론은 분명히 물었다.

"혼자 애를 키울 수 있겠어?"

은주는 여행용 가방을 론에게 건네며 차분한 어투로 대답했다.

"아이를 가진 순간부터 나가라고 말하고 싶었어. 아이와 자기 사이에 정을 나눌 기회를 주기 위해 기다린 거야. 태어난 지 얼마 되지 않은 갓난아이라도 공공시설에서 맡아주잖아. 요즘 같은 세상에서 혼자 애를 키우기 힘들어서 결혼한다는 것은 말이 안 돼. 그런 핑계로 결혼할 수는 없지. 결혼하지 않아도 사랑할 수 있지. 자기가 날 그렇게 사랑한다면 계속 날 사랑해주면 돼. 하지만 내게서 똑같은 것을 바라지는 마. 자, 가방 받아. 이제 가줘."

선애는 론에게 결혼을 할 기회를 주지 않았다. 선애가 유부녀일 때 처음 만났고, 선애가 론의 아이를 낳았다는 것을 알고 론이 찾아갔을 때에도 누군가의 아내였다. 마침내 선애가 자유의 몸이 되었을 때에도 아이 셋은 그녀의 곁에 남아 있었다. 론은 선애의 남편이 될 수 있었다. 하지만 아이 셋의 아빠가 되고 싶지는 않았다. 자신의 아이 하나라면 몰라도. 피 한 방울 섞이지 않는 다른 사람의 자식을 내 아이처럼 키울 수 있다는 말을 론은 믿지 않았다. 그건 위선이지. 아이는 아이대로 의도된 혹은 의도하지 않은 일들로 상처를 받게 될 것이고 나는 나대로 사랑과 존경보다는 오해와 미움을 받으면서 괴로워하겠지. 서로에게 악몽이 될 거야. 론은 그렇게 생각했다. 은주가 말했었어. 결혼하지 않아도 사랑할 수는 있는 거라고. 나는 선애를 사랑했어. 가끔 찾아가서 얼굴을 보고 서로 보듬을 수 있었으니 그걸로 충분했어.

론은 민수의 엄마 얼굴이 기억나지 않았다. 심지어 이름도. 론이 기억하는 것은 어렸다는 것, 힘들어 보였다는 것, 그녀를 만났을 즈음에 론도 무척 힘들었다는 것 정도였다. 선애와 헤어지고 난 직후 들렀던 술집에서 그녀를 만났지. 몇 번 만났어. 그래, 몇 번이었지. 그녀가 아이를 가졌다고 이야기했을 때 눈동자에 담긴 두려움을 보았어. 혼자 아이를 낳을 수 있을지. 아이를 낳을 때까지만 같이 있어야겠어. 아이가 태어나고 나면 아이를 봐줄 곳은 많으니 아이를 낳을 때까지만 같이 있어주는 거야. 론은 그렇게 생각했었다.

일곱 시가 되었다. 론은 방을 나섰다. 레스토랑 안쪽 방으로 론이 들어섰다. 넓은 식탁 좌우로 엄마들과 아이들이 앉아 있었다. 그들 중 누구도 자리에서 일어나거나 손을 흔들며 웃지 않았다. 선애는 의자를 뒤로 빼며 일어나려 했다. 딸아이가 선애의 손을 잡았다. 어색한 눈짓만이 론을 맞이했다.

"모두 왔네. 여기까지 오게 해서 미안합니다. 힘들었지요."

아무도 대답하지 않았다. 론이 무슨 말을 할지 론의 입만 쳐다보았다.

"여기까지 왜 불렀는지 궁금하겠지만 조금만 참자고. 일단 식사부터 하고."

선애는 3년 만에 보는 론이 낯설었다. 시간의 문제는 아니었다. 론의 얼굴은 부어 있었고, 단단하던 근육은 사라지고 없었다. 축 처진 가슴과 불룩 튀어나온 배. 론이 가지고 있지 않던 것들이었다. 3년 동안 무슨 일이 있었던 걸까. 저 사람이 내가 사랑했던, 사랑하는 사람인가.

론의 달라진 모습에 은주와 은주의 딸은 서로를 바라보았다. 자신들이 알던 론이 맞는지 서로 물었다. 얼굴의 형태와 목소리로 보아 론이 분명하다는 결론을 내린 후, 론의 변화가 자신들로부터 시작된 것일지도 모른다는 생각을 했다. 은주는 딸의 눈이 젖는 것을 보았다. 고개를 저었다.

아픈 것이 맞기는 하네. 민수는 론을 보며 생각했다. 다들 지나치듯 론을 살피거나 론과 눈을 마주치는 것을 피했지만, 민수는 그러지 않았다. 론이 자신 쪽으로 고개를 돌리기를 기다리며 고개를 빳빳이 들고 론을 쳐다보았다. 눈이라도 마주친다면, 잔뜩 힘을 준 눈뿌리부터 굳게 다문 입까지 보여줄 참이었다.

음식을 서비스하기 위해 방으로 들어왔던 종업원들은 음식을 놓아야 할지 어떨지 결정을 하지 못했다. 음식을 주시면 됩니다. 론이 말하고 나서야 차례대로 음식을 놓기 시작했다. 론이 엄마들과 아이들에게 그동안의 안부를 물었지만 그가 받은 것은 단답형의 대답이거나 혹은 침묵이었다. 엄마들은 자신들의 아이와 간혹 음식에 관한 대화를 나누었지만 길게 이어지는 대화는 아니었다. 엄마들 사이에도 대화는 없었다. 굳이 외면할 필요는 없었지만 그렇다고 애써 친해지기 위해 말을 붙일 필요도 없었다. 무언가 말을 걸기 위해 들썩이는 선애 옆에서 딸아이는 핸드폰으로 음식 사진을 찍었다. 민수의 엄마는 민수가 음식이 담긴 접시를 집어 던지기라도 할까 걱정되어 민수의 무릎을 손바닥으로 두드리며 다독였다. 은주는 순서대로 나오는 음식을 깨끗이 비웠고, 은주의 딸은 포크로 음식을 뒤적일 뿐 입에 넣지 않았다.

아이스크림과 커피가 나왔다. 론이 입을 열었다.

"음식이 입에 맞았는지 모르겠네. 오랜만에 불러놓고 맛없는 저녁을 내놓았다고 화내지 말았으면 좋겠어. 흠, 어떻게 이야기를 시작하지? 막상 다들 불러놓고 나니 어떻게 이야기해야 할지 막막하네. 두서없지만 이야기를 시작할게. 궁금하지도 않겠지만 그동안 무엇을 하면서 지냈는지는 묻지 않았으면 좋겠어. 지금 그게 중요한 일은 아니니까."

론이 말하기 시작했다.

론은 자신의 병명이 '비대상성 간경변'이라고 말했다. 간이 염증 때문에 부서지고 재생되고 하는 과정이 반복되면서 간 기능이 떨어지고 간이 딱딱해지는 병이라고 말했다. 간이 만들어야 할 물질들을 만들어내지 못하면서 복수가 차고 몸이 붓기 시작했다고. 가끔 의식을 잃기도 하며 치매처럼 상대방을 알아보지 못하는 경우도 종종 있다고 이야기했다. 지금은 정신이 말짱하니 걱정하지 말고. 론이 웃으며 말했지만 엄마들 그리고 아이들은 웃지 않았다. 지금 무슨 말을 하고 싶은 거지. 모두 그런 표정이었다.

"간이 딱딱해지면 피가 간으로 들어가지 못해서 식도로 올라온다네. 식도의 혈관이 부풀다 못해 터져버리면 입으로 피를 토해내게 되는 거지. 그렇게 몇 번 병원에 실려 가기도 했어. 이대로 가면 살 수 있는 날이 2년 남았다네."

자신의 병력에 대한 론의 이야기가 이어졌다. 엄마들과 아이들의 얼굴은 점점 굳어졌다. 론은 사뭇 비장한 표정으로 피를 토하는 흉내까지 냈지만 론의 이야기에 반응을 보이지 않았다. 은주의 딸과 선애만이 혼자서 힘들게 병원을 오갔을 론을 상상했다. 그동안 얼굴을 보지 못했던 이유가 론이 아팠기 때문이라 생각하자 선애는 마음이 편안해졌고 은주의 딸은 더욱 마음이 아파졌다.

"그래서 한동안 얼굴을 보지 못했던 거야. 남아 있는 삶이 얼마 되지 않는다는 이야기도 이런 사연이고."

론은 자신의 병에 대해서 말을 한 뒤 엄마들과 아이들을 둘러보았다. 엄마들과 아이들은 론의 마지막 말이 무엇일지 궁금했고, 론은 그들이 무슨 생각을 하고 있는지 알고 싶었다. 짧은 침묵이 있었다.

"음. 이쯤 되면, 그러면 어떻게 해야 하냐고 치료할 수 있는 거냐고 물어봐줘야 하는 것 아닌가. 하핫."

론이 무안한 웃음을 던졌다. 엄마들 그리고 아이들은 말이 없었다. 말을 먼저 꺼냈다는 사실이 던져줄 책임이 두려웠다. 은주의 딸이 입을 열었다.

"치료 방법은 없대요? 아빠."

론은 은주의 딸이 자신을 아빠라고 불러준 것이 고마웠다. 아빠? 엄마들과 아이들은 은주의 딸을 쳐다보았다. 그렇지. 아빠였지. 엄마들은 아이들을 보았고, 아이들은 론의 얼굴을 보았다. 민수도. 민수가 론을 바라본 것은 다른 것이었다. 민수는 론을 어떻게 아빠라고 부를 수 있는지, 론이 은주의 딸에게 어떻게 해주었기에 저럴 수 있는지 묻고 싶었다. 당신이 그랬단 말이지. 다른 아이들에게는 아빠였단 말이지. 민수는 오른손으로 테이블 냅킨을 움켜쥐었고 민수의 엄마는 민수의 오른손 손등에 왼손을 얹었다.

"치료 방법이 하나 있기는 해. 간 이식. 약물치료는 근본적인 치료 방법이 아니래."

"간 이식?"

선애가 물었다.

"응. 간 이식. 그 방법밖에는 없다네. 옛날하고는 달라서 유전자 변형을 한 돼지의 간을 이식하는 경우도 있고, 인공으로 만든 간을 이식하는 경우도 있지만, 아직은 생체 간 이식을 하는 것만큼의 효과를 보지는 못한다 하더라고."

"그래서요? 무슨 이야기를 하고 싶은 건데요?"

민수가 물었다.

"이렇게 이야기하려 했던 것은 아닌데. 이왕 이야기가 이렇게 흘러왔으니 이야기하지. 내가 좋은 아빠가 아니었다는 것 알아. 미안하게 생각해. 미안해. 하지만 나만 그런 건 아니잖아. 요즘 세상에 좋은 아빠가 어디 있어? 좋은 엄마는 있을 수 있어도 좋은 아빠는 없지. 자식이 자라나서 어른이 되고 인생을 살아가는 데 아빠가 해줄 일이 남아 있지 않잖아. 그런 세상이잖아. 엄마 한 명이면 충분하지. 너희들이 아는 아빠 중 옛날 영화나 드라마에 나오는 아빠 같은 아빠 본 적 있니? 그렇다고 내가 잘했다는 건 아니야. 그냥 내 인생이 그랬어. 너희 엄마들 인생도 그랬고. 사실 내가 이 몹쓸 병에 걸리지 않았으면 여기에 너희들을 모아놓고 이렇게 이야기할 필요도 없지. 그런데 어쩌냐. 이렇게 된 것을. 솔직히 이야기할게. 너희들 중 누군가의 간이 조금 필요해. 너희들 중 나와 제일 맞는 누군가의 간을 이식받는 것이 지금 나에게는 가장 좋은 방법이란다. 전부 달라는 건 물론 아니야. 일부만. 조금만 떼어주면 돼. 염치없는 말이라는 것도 알아. 그래도 나는 부탁해야 해. 내게는 유일한 희망이니까, 너희들이."

론은 차분하게 말하지 못한 것을 후회했다. 민수가 아닌 다른 누군가가 물어봤으면 좋았을 것을. 민수가 무엇을 어떻게 물어보든 론의 목소리는 높아졌을 것이다. 엄마들과 아이들은 론의 높은 목소리와 론의 당당한 부탁에 당황했다. 민수만이 의자 등받이에 등을 기댄 채 론을 쳐다보고 있었다. 물 한 모금을 마신 뒤 론이 말을 이었다.

"흥분해서 미안해. 자격지심에 그랬을 거야. 염치없는, 말도 안 되는 부탁이라는 걸 나도 아니까. 지금 대답하지 않아도 돼. 호텔방에서 하룻밤 자면서 생각해보고 내일 이야기해주었으면 해. 내일 점심시간에 여기서 다시 만났으면 좋겠어. 그리고 음……. 조금은 민망하지만 해야 할 이야기니까 마저 할게. 누구든, 여기 있는 너희들 중에서, 나에게 간을 떼어주는 사람에게 지금 내가 가진 재산의 절반을 줄 거야. 그리고 나중에 내가 죽은 이후에 남은 절반을 넘겨줄 거야. 방금 이 말은 간 이식 수술 전에 변호사 입회하에 문서로 작성해둘 거고. 나 먼저 일어날게. 이야기들 나누고 와. 여기 뒤에 산책로가 좋으니까 산책을 해도 좋고."

말을 마친 론은 테이블을 짚고 일어나 방을 나갔다. 불룩 튀어나온 배와 축 처진 가슴이 걸음을 따라 출렁거렸다.

밤새 엄마랑 이야기했어요. 나는 아빠에게 제 간을 주겠다고 했어요. 자식으로서 제가 아빠에게 받은 것이 제일 많으니 제가 내놓아야 한다고. 엄마는 다른 방법을 찾아보자 했어요. 다른 방법이 뭐가 있겠어요. 안 된다는 이야기지요. 엄마는 아빠가 현실적인 선택을 하는 것이 좋을 것 같다고 생각하고 있어요. 돼지 간이든 인공 간이든 이식을 받아서 사용하다가 사용 기간이 지나면 또다시 돼지 간이나 인공 간을 이식받는 게 제일 좋을 것 같다고 말하세요. 시간이 지나면 기술이 더 발전해서 더 좋아진 간들이 나오지 않겠냐고.

아빠, 제 결론을 말씀드릴게요. 엄마의 조언대로 하세요. 그게 제일 합리적인 선택이에요. 아빠를 사랑하고 언제라도 제 간을 내놓을 수는 있지만 단순히 저의 마음을 입증하기 위해 제 간을 드리는 건, 그건 아닌 것 같아요. 더구나 아빠의 재산까지 얽히다 보니 더욱 그래요.

사랑해요. 수술 잘 받으시고 건강한 모습으로 다음에 뵈어요.

다른 사람들과 마주 앉아서 이런 이야기를 하는 것도 그렇고, 아빠가 실망하시는 얼굴을 보게 될 것 같아서 먼저 떠나요.

아빠의 딸이,

아빠에게.

다음날 아침 론의 방문 밑으로 쪽지가 하나 들어와 있었다. 은주의 딸이 써놓고 간 쪽지였다. 론은 담담히 읽었다. 은주와 은주의 딸의 얼굴이 겹쳐졌다. 그래, 은주의 딸이었지. 다른 쪽도 모두 집으로 돌아갔을까. 궁금했지만 점심 식사시간에 레스토랑에서 확인하기로 했다. 미리 포기할 필요는 없지.

레스토랑에 내려가기 위해 옷을 갈아입고 있었다. 전화벨이 울렸다. 선애의 방에서 온 인터폰이었다.

론은 태연한 척 인터폰을 받았다.

"어. 왜? 내려가려고 준비 중인데."

"음. 얼굴 보고 말하기가 좀 그럴 것 같아서. 우리는 점심 먹지 않고 먼저 올라가려고. 딸아이가 간을 주는 것은 힘들다네. 모르는 사람에게도 간을 줄 수 있는 그런 세상이지만, 이런 식으로 간을 떼어주는 것은 좀……. 그리고 생각해보면 딸아이가 자기 자식이 아닐 수도 있고. 그때 시기가 좀 애매했잖아. 어쨌든 얼굴이라도 보니 반가웠어. 치료 잘 받고. 먼저 올라갈게."

론은 대답을 하지 않았고, 잠시 후 선애는 인터폰을 끊었다. 이제 민수만 남았군.

레스토랑에는 민수만 내려와 있었다. 레스토랑 종업원에게 식사는 2인분만 준비해달라고 이야기한 뒤 민수 맞은편에 앉았다. 론이 물었다.

"엄마는?"

민수가 피식 웃으며 대답했다.

"밥 생각 없다 하시네요."

녀석의 웃음이 녀석의 대답을 대신하는 것 같았지만 론은 민수가 레스토랑에 와 있다는 사실에 기대를 걸었다.

"그래, 생각해봤어?"

"생각해봤지요. 우리 집이 조금 힘들거든요. 당신도 알겠지만. 엄마는 아직도 하던 일에서 벗어나지 못했고, 나도 아직은 별 볼일 없는 알바생이고. 당신의 재산이 무척 탐나요. 재산이 얼마나 많은지 알 수 없지만 돼지 간이니 인공 간이니 이야기하는 것을 보면 기본적으로 어느 정도는 되겠죠. 그 정도면 엄마가 술집에 나가지 않아도 될 것이고, 나도 알바를 그만두고 공부를 계속할 수 있겠지요. 그래서 고민을 좀 했어요. 오면서 데스크에 물으니 같이 왔던 다른 자식들, 당신의 딸들은 벌써 체크아웃하고 나갔다 하더라고요. 당신을 '아빠'라 부르던 그 여자까지 포함해서. 아마도 당신의 제안을 거절했겠죠. 당신 얼굴을 직접 맞대고 거절하기가 거북

하니 이 자리에 오지 않은 거고. 쪽지나 전화 같은 것으로라도 이야기했다면 예의는 있는 거고. 그런데, 나는 이 자리에 왔어요. 레스토랑 문을 열고 들어섰을 때 내가 앉아 있어서 반가웠겠죠. 다행이다. 한 명은 남아 있어서. 그렇게 생각했을 거예요. 엄마는 내가 하고 싶은 대로 하라고 했어요. 이제 대답을 할게요. 저는, 제 간을, 주지 않을 거예요. 일부라도. 나는 당신의 면전에서 거절하기 위해 이 자리에 왔어요. 당신의 반응을 보고 비웃어주려고. 돈? 내 간을 떼어서 돈을 벌 수 있다면 다른 사람한테 주면 돼. 요즘 의학이 발달해서 자식이니 뭐니 일치하지 않아도 성공하는 경우가 많다고 들은 적 있거든. 성공하든 못하든 나는 죽지 않을 것이니 신경 쓸 것 없고. 잠깐 당신의 재산 때문에 흔들렸지만, 그 정도는 다른 사람에게서도 받을 수 있을 것 같아. 돈 벌 방법을 알려준 건 고마워. 자식이라는 것 때문에, 내가 세상에 나오는 데 뭐라도 역할을 한 것 같아서, 당신이 뿜어낸 올챙이 중 하나가 나라서 내게 기대를 했다면 그 기대를 깨주지. 나는 당신에게 그게 무엇이든 절대로 주지 않을 거야. 당신이 그냥 그렇게 죽어도 내겐 의미가 없어. 아니 좀 더 힘들게 죽었으면 좋겠어. 배가 점점 더 불러와 숨을 못 쉬게 되어서 죽든, 늦은 밤 길거리에서 피를 토하고 홀로 죽든, 가장 비참하게 죽었으면 좋겠어. 죽어가면서 오늘 내가 거절한 것을 기억해주면 좋겠어. 잘 가. 주문한 2인분은 혼자 다 드시고."

민수는 자리에서 일어나 밖으로 나갔다. 론은 화를 내거나 흥분하지 않았다. 순서대로 나오는 음식을 다 먹고, 커피까지 마신 뒤 일어섰다.

론은 집으로 돌아왔다. 화분에 심어두었던 복숭아나무와 수국의 잎이 힘을 잃고 축 처져 있었다. 론은 몸이 무거워 쉬고 싶었지만 물뿌리개에 물을 담았다. 화분 앞으로 다가섰다. 발코니 창 뒤로 숲과 숲속의 나무가 보였다. 비탈이든 능선이든 어디든. 나무들은 가리지 않고 빽빽하게 자리를 잡고 있었다. 문득 땅속이 궁금했다. 론은 위로 자라난 줄기만큼 아래로 파고 들어간 뿌리들을 상상했다. 소나무의 뿌리와 아카시 나무의 뿌리가 만나 서로를 알아보고 악수하듯 엉키는 경우도 있겠지. 어린나무들과 야생화들, 잡초들의 뿌리까지. 그렇게 얽히는 건데 말이지.

우리 아빠

오른쪽 엄지손가락 끝이 아프다. 사십이 되어가는 나이에 손톱을 물어뜯다니. 어린 시절 잠깐 생겼다 사라진 습관이다. 그만두거나 숨기고 싶지 않다. 스트레스든 불안이든. 비교적 경제적인 해결 방법이다. 손가락 끝만 조금 아프면 된다.

맞은편 데스크의 직원들은 머리를 숙이고 있다. 졸고 있는지 일을 하고 있는지 알 수 없다. 예전에는 내가 머리를 숙였다. 부끄러웠다. 지금은 그렇지 않다. 익숙해질수록 자부심이 커졌다. 오늘은 머리를 숙인 그들 맞은편에 앉아 당당히 얼굴을 들고 있다. 우리나라에 가장 필요한 일을 하고 있지 않은가. 올해 초 정부에서 발표한 '지나온 20년, 다가올 100년의 계획'에는 인구수를 유지, 증가시키는 것이 국정 제일의 과제로 들어 있었다. 그중 신생아 출생률을 늘리는 것은 무엇보다 중요한 일이다.

데스크 앞 대기실은 제법 많은 사람들로 북적인다. 오늘은 결과가 발표되는 날이다. 익숙한 장소와 익숙한 자리, 익숙한 사람들 앞이다. 나 같은 베테랑들은 의자 깊숙이 엉덩이를 밀어 넣고 의자 등받이에 팔을 걸친 채 다리를 꼬고 앉는다. 서로 안부를 묻거나 눈인사를 하며 발표를 기다린다. 기둥 뒤 반쯤 몸을 가린 채 핸드폰을 들여다보거나 의자 끝에 엉덩이를 걸치고 한쪽 다리를 떨며 두 손을 모으고 있는 사람들은 대부분 신참이다. 혹은 기껏해야 이삼 년 정도 경력의 초짜들이거나. 서로의 눈길을 피해 고개를 돌리다 보면 천장에 달린 조명등 갓에 갇힌 벌레들의 수를 세거나, 메지가 떨어져 나간 바닥의 대리석 틈을 보게 된다. 신발로 대리석 틈을 문질러보거나 바닥을 긁어보는 이가 꼭 있다. 주위의 모든 초짜들의 시선은 어느새 그 신발을 따라 이리저리 움직이고, 그러다 누가 자기 이름을 부르기라도 하면 화들짝 놀라 고개를 드는 거다. 남자 화장실에서 볼일을 보고 바지 지퍼를 잠그지 않은 채 돌아서다 청소 아주머니와 마주쳤을 때, 그때 그 표정을 하고서는 저요? 하고 대답할 것이다.

담당 공무원이 합격자의 이름을 부르기 시작했다.

“김종대 씨. 종대 씨, 어디 있어요?”

“네, 여기.”

이름이 불렸다. 당연한 결과다.

“합격입니다. 여기 서류, 동그라미 친 곳에 기재하시고 사인도 부탁드릴게요. 한두 해 하시는 것 아니니 따로 설명드리지 않아도 되지요?”

“이것도 갈수록 적을 것이 많아지네요. 저 정도 베테랑은 그냥 통과시켜줘야 하는 것 아닙니까?”

“그래도 이게 중요한 일이잖아요. 종대 씨야 그냥 돈을 받는 일인지 몰라도, 한 생명이랑 관계된 일이니 엄격해져야지요.”

그냥 돈 받는 일이라니. 17년째 하는 일이거든. 나에겐 이게 직업이란 말이다. 나에게도 직업의식이란 것이 있다고. 입안에서 맴돌았지만 입 밖으로 내지 못했다. 저 공무원도 나를 대면한 지 4년 정도 되었으니 내가 무슨 말을 한들 피식 웃을 것이 분명하다.

어쨌든 또다시 1년의 시간을 벌었다. 1년간 2주에 한 번 200만 원씩 통장에 입금이 될 것이다. 한 달이면 400이니 적지 않은 돈이다. 처음 시작할 때는 60만 원씩 한 달에 120만 원이었다. 그때와 비교하면 많이 올랐다. 물가도 만만찮게 올랐지만 1년을 버티는 데는 문제가 없다. 급한 마음에 시작한 일이 직업이 되었고 어느새 17년이 되었다. 2년 후부터는 이 사업에 지원할 자격을 잃게 된다. 나이 탓이다. 퇴직금 따위는 없다. 하지만 그때도 기본소득은 계속 나온다. 그저 그 정도로 살면 되지. 더 나은 삶에 대한 바람은 없다. 더 나은 삶이라는 것에 대한 정의도 모른다.

“오늘부터 시작하시겠어요?”

"그럴까요? 해도 되나요?"

"네, 기본 심사 주간이라서 한동안 공여자가 없었어요. 그래서 조금 모자라기는 해요. 신입이시면 우리도 좀 그렇지만, 처음이 아니시니 오늘부터 해주시면 감사하지요."

"그러죠, 그럼."

"간편 검사까지 확인하고 가셔야 합니다."

"그런데, 일반 직장으로 치면 17년 근속인데. 기념으로 뭘 준다든가, 20년 고용은 무조건 약속해준다든가 뭐 이런 거는 없어요?"

"네?"

"그냥 한 번 해본 소립니다."

어처구니가 없다는 듯 쳐다보는 공무원을 향해 던지듯 말을 하고 작업실이 모여 있는 이층으로 올라갔다. 3호실 문을 열었다. 아늑하다. 나는 3호실을 좋아한다. 통풍시스템이 잘 되어 있다. 방마다 배어 있는 알 수 없는 비린내가 나지 않는다. 3호실은 통풍도 통풍이지만 무엇보다 가상현실 구현 장비가 좋다. 5년 전까지만 해도 구식 모니터와 헤드폰뿐이었다. 사용자 편의를 위해서, 라 말을 하지만 실상은 국산 업체에서 생산한 시제품을 테스트하는 작업이 같이 이루어진다. 일이 끝나고 나서 새로운 장비와 프로그램에 대한 몇 가지 설문을 작성하고 실험 데이터를 제공하는 것에 동의만 하면 부수적인 수입이 생긴다. 장비 및 프로그램회사에서 주는 답례인 셈이다. 3호실 벽면에 걸려 있는 클림트의 〈엄마와 아기〉도 좋다. 아내들과 아이들은 어디선가 저렇게 잠들고 있으리라.

자동으로 조절되는 편안한 등받이를 가진 의자에 앉았다. 가상 현실 장비를 쓰기 전에 봐야 하는 동영상이 있다. 백 번 이상 본 영상이지만 이걸 보지 않으면 다음으로 넘어가지 않는다. 이제는 내용을 외울 정도가 되었다. 지겨울 법도 하지만 영상을 보고 듣다 보면 최선을 다해야겠다는 마음이 생긴다. 자부심은 물론이다. 자기최면이랄까. 마음을 편하게 해주는 과정이라서 싫지 않다.

지금 선생님께서 번거로움을 무릅쓰고 동참해주시고 있는 사업은 20년 전부터 시작된 국가사업인 '우리 가족' 사업 중 '우리 아빠' 사업에 해당합니다. 21세기에 들어와서 우리나라는 생산 인구의 감소, 노인 인구의 증가, 출산율의 저하라는 현실에 부딪히게 되었습니다. 물론 전 세계적인 일이었습니다만, 우리나라와 같이 천연자원이 부족하여 젊고 활동적인 인재를 중심으로 유지되어온 나라의 경우 그 충격이 훨씬 강했습니다. 선생님께서 아시는 바와 같이 외국인 노동자의 수입, 국제결혼의 장려, 로봇 등의 기술 발전으로 이를 극복하려 했지만, 그 과정에서 발생한 사회 문화적인 부작용 또한 만만치 않았습니다. 이런 배경 속에 2030년 세계 최초로 '우리 가족' 사업을 시작하게 되었습니다. 2030년 10월에 시작하여 2031년 7월 14일에 첫 '우리 아이'를 생산하였고, 당해 연도에만 200명의 신생아 생산을 이루어내었습니다. 이후 그

생산량은 지속적으로 증가하여 2049년에는 연간 5만 명의 신생아를 생산하였고, 드디어 2049년 성인이 된 첫 '우리 아이'를 사회에 성공적으로 편입시켰습니다. '우리 가족' 사업이 성숙기를 맞이하여 그 성과가 가시적으로 나타나기 시작한 것입니다. 지금부터 간략하게 '우리 가족' 사업에 대해서 말씀드리겠습니다. '우리 가족' 사업은 크게 세 주체로 이루어져 있습니다. 세 주체란 '우리 아빠', '우리 엄마', 그리고 정부를 말합니다. '우리 아빠'에 대해서 말씀드리겠습니다. '우리 가족' 사업을 위해 자발적인 정자 공여자가 되겠다는 의사를 표시하신 남성분 중 대한민국 정부의 엄격한 검사를 거쳐 유전질환 및 감염질환을 가지고 있지 않은 것으로 확인되신 분을 '우리 아빠'라 합니다. 지금 이 동영상을 보고 계신 선생님과 같은 분들을 말하는 것입니다. '우리 아빠'가 제공한 정자는 다른 '우리 아빠'들이 동일한 방법으로 제공한 정자와 함께 인위적인 요소를 배제한 자연적인 방법을 통해 '우리 엄마'가 제공한 난자와 인공수정되게 됩니다. 자연적인 방법이란 외부 요인이 배제된 채 오직 다수의 '우리 아빠'로부터 생산된 다수의 정자들의 자유경쟁을 통해 난자와 수정하게 된다는 것을 말합니다. 유전적 혹은 생물학적인 우열을 파악하고 가리기 위한 어떤 시도도 하지 않습니다. 사회구성원의 출생과 사회의 구성에 인위적인 영향을 주지 않기 위한 생명윤리적인 결정입니다. 수정된 수정란은 '우리 엄마' 혹은 국가가 고용한 대리모의 자궁에 이식되어 대한민국의 건강한 아이로 출생하게 됩니다. 이렇게 출생한 아이들을 '우리 아이'라고 부르게 되며 '우리 아이'들은 정상적인 고등학교 교육을 마치고 사회에 진출하는 시기까지 정부의 보호와 보살핌을 받게 됩니다. '우리 아이'들이 출생의 형태와 성장 과정으로 인해 차별받지 않도록 하는 것 또한 법적으로 명시하였습니다. 마지막으로 선생님께서는 제공하시는 정자 및 이후의 '우리 아이'에 대한 친자 확인 혹은 부권의 주장 등에 대한 권리를 행사할 수 없음을 말씀드립니다. 이상의 설명을 충분히 숙지, 이해하셨고, '우리 가족' 사업에 동의하시면 의자 팔걸이 우측의 버튼을 눌러주십시오.

'우리 가족' 사업은 세계에서 최초로 우리나라에서 시작한 사업이었다. 이미 20년 동안 지속되었다면 성공한 사업이라는 뜻이다. 정권이 세 번, 대통령이 네 번 바뀌는 동안에도 꾸준히 지속되고 개선되어왔다. 망설일 필요가 있나. 버튼을 눌렀다.

이제 가상현실 헬멧을 착용하셔도 좋습니다. 검체의 온전한 생성과 확보를 위해 하의를 탈의하시고, 헬멧을 착용하신 이후에는 음성 안내에 따라주시면 됩니다.

영상이 이어졌다. 친절한 설명에 따라 자연스러운 손놀림으로 바지와 속옷을 벗었다.

오늘따라 힘들었다. 2주에 한 번, 건강한 정자들을 생성하기 위해서 금욕의 생활을 했음은 물론이다. 하루 두 개의 계란은 기본이다. 하루 한 끼는 반드시 동물성 단백질을 섭취했다. 하루 한 시간 이상의 운동은 필수. 작업을 한 날과 그다음 날을 제외하고는 술을 한 방울도 입에 대지 않는다. 나의 정자가 다른 놈의 정자를 이겨야 하기 때문은 아니다. '우리 아빠'가 생산한 정자가 '우리 가족' 사업에 사용되기 위해서는 엄격한 조건을 통과해야만 한다. 1년에 한 번 재계약 시에 이루어지는 감염 및 유전체 검사와는 별도의 검사다. 건강한 몸이라 해도 항상 건강한 정자를 생산하는 것은 아니다. 수확 시 그때마다 전체적인 정자의 양, 운동성, 생존성과 형태 등을 검사한다. 국가에서 정한 조건을 통과해야만 사용 가능한 정자로 인정받게 된다. 그리고 사용 가능한 정자를 제공했을 때만 통장에 돈이 입금된다. 안정적인 수입을 유지하기 위해서는 건강한 몸을 위한 관리가 필수 조건이다.

작업 후 한 시간이면 결과가 나온다. 결과를 확인하고 적격확인증을 받은 후 집으로 돌아간다. 종종 '우리 아빠'와 공무원들 사이에 실랑이를 벌이게 되는 경우가 있다. 이 센터만 해도 작업하는 날 한두 명은 꼭 불합격이 있다. 내 정자가 어때서 불합격이냐, 따지는 사람들을 상대로 공무원들이 무슨 말을 할 수 있을까. 나는 '우리 아빠'를 시작한 초반에 몇 번 불합격 통지를 받았다. 처음에는 어떻게 관리를 해야 하는지 잘 몰랐다. 센터에서 시행하는 교육을 받고 경험이 쌓이면서 합격이라는 말에 익숙해졌다. 마지막 불합격은 16년 전이었다. 천직이다.

그럼에도 이번에는 힘들었다. 이제 노력으로는 극복할 수 없는 나이의 문제인가. 나는 국가가 인정한 건강한 대한민국의 남성인데, 내가 이 정도면 다른 사람은 어떨까. '우리 아빠'의 나이 자격이 만 40세 이하인 이유를 알 것 같다.

"야아. 올해도 합격했나 보네. 징해, 징해, 아주 징해."

한철이 형이다. 유한철. 올해로 20년차. 마흔이다. 스무 살부터 지금까지. 시범 사업부터 참여한 원년 멤버다. 올해가 마지막이다.

"형님, 올해도 합격했습니까? 대단합니다. 대한민국 남자의 정석입니다, 정석."

"당연하지. 내가 유한철인데. 그래도 오늘은 한잔해야지? 작업은 하고 나온 거지?"

"네, 오늘은 조금 힘드네요. 형님은 안 힘들었습니까?"

"나야, 팔팔하지. 팔팔해도 올해가 마지막이라네."

"내년부터는 뭐하실 겁니까?"

"생명이 탄생하는 이 신성한 곳에서 어두운 이야기를 꺼내시나. 그런 이야기는 소주 한잔하면서 할 이야기지. 나나 자네나."

작업하는 날이면 한철이 형과 꼭 한잔하게 된다. 몇몇 다른 사람들과 같이할 때도 있고, 그 사람들이 바뀌기도 하지만 한철이 형은 빠진 적이 없다. 내년부터 무엇을 할지는 지난번 술자리에서 듣기는 했다. 나는 이거 끝나면 말이지. 그때부터 연애를 할 거라네. 사람만 좋다면 결혼도 하고 아이도 낳을 거야. 국가가 인정한 건강한 유전자인데 그 좋은 유전자를 더 이상 퍼트리지 않는다는 것은 안 될 일이지. 이제 겨우 마흔인데. 비장한 표정을 지었다. 게다가 우리나라의 첫 '우리 아이'가 고등학교를 마치고 성공적으로 사회에 발을 내딛었다는 이야기를 들었다면서, 그 아이는 분명히 자신의 아이일 것이라고 목소리를 높였다. 그날 술자리는 그 아이의 이름, '희망'이를 부르며 끝났다.

'희망'이. 성은 김이다. '김희망'이다. '우리 아이'의 성은 우리나라의 성씨 분포의 확률에 따라 기계적으로 정했다. 미리 정해져 있는 이름 목록에서 태어나는 순서대로 성별에 따라 이름이 주어졌다. 김희망은 온 국민이 다 아는 '우리 아이'가 되었다. 그리고 '김희망'이 태어나던 그해 자연적인 부부에 의해 출생했던 '김희망' 스물두 명이 공식적으로 개명을 신청했고 법원은 그것을 허가했다. 이후로 '김희망'은 지어서는 안 되는 이름이 되었다. 애초에 그 이름은 아무도 몰라야 했다. 안일하고 성과에 목매달았던 전시행정이 일을 그르쳤다. 희망이 이후로 '우리 아이'들을 찾아내고 구별하는 것을 금지하는 법안들이 쏟아져 나왔다. 법은 현실의 반영이다. 다문화 가정의 아이들을 차별하지 않겠다고 소리를 높였지만 결국은 다문화가정의 아이들을 차별했던 2000년대 초반과 다르지 않았다.

'우리 가족' 사업을 진행함에 있어 개체의 유전적 우열에 대한 인위적인 개입은 없다, 국가는 그렇게 설명했지만 '우리 아빠'는 사회경제적으로 열성이었다. '우리 아빠'가 되어 삶을 유지하는 사람들은 혈액을 팔아 생계를 이었다는 옛날이야기의 등장인물과 다를 것이 없었다. '우리 아이'는 그들의 자식이다. 그들의 아이들, '우리 아이'들은 세상이 원하는 딱 그만큼이 되었다. 먹고 마시고 싸고 일하는. 유아용품, 유아 및 초등, 중등, 고등교육의 제공자 및 관련 산업, 심지어 소아과 의사들, 백신 회사까지, '우리 아이' 사업으로 혜택을 보았고, 일자리를 유지하게 되었음에도 개인으로 만나게 되는 '우리 아이'에 대해서는 냉담했다.

왜 우리 희망이는 고등학교까지만 보내주고 대학을 안 보내주는 건데, 왜? 나눠 마신 소주 세 병에 얼굴이 벌겋게 달아오른 한철이 형이 따지듯이 내게 한 말이었다. 안 그래? 왜 우리 '희망'이는 대학을 안 보내주냐고. '우리 아이'들은 어쩌라고. 그냥 국가가 싸질러놓은 아이들인 거야? 알아서 밑바닥을 채우라고? 낳았으면 책임을 져야 할 것 아니야. 씨발. 내가, 내가 가슴이 아파서 그래. 희망이만 생각하면. 내가, 아빠가 얼마나 원망스럽겠냐고? 한철이 형은 맥주잔에 소주를 부어 단숨에 들이켰다. 대학까지 책임지기에는 재정이 안 되는 것도 있겠지요. 자연적으로 출산한 아이들이 모두 대학 가는 것도 아니고. 만약에 '우리 아이'들을 모두 대학 보내주면 역차별이라고 난리가 날걸요. 한철이 형의 맥주잔을 옆으로 치우고 소주잔에 술을 따르며 내가 말했다. 그래도, 그래도 이

건 아니지. 적어도 자연적으로 출산한 아이들은, 그래 걔들은 '걔들 아이'라고 부르자. '걔들 아이'들은 적어도 부모들에게서 뭐라도 받을 수 있잖아. 부모들이 뭐라도 남겨주려고 하지 않겠어? 단돈 백만 원이라도 유산으로 남겨줄 수도 있고. '우리 아이'들은 그런 게 없잖아. 국가가 만든 고아가 되는 거잖아. 그런데 내 새끼잖아. 너 아니면 내가 진짜 아빠인 거잖아. 애들이 말이야. 그날따라 가만히 듣고 있지 않았다. 내가 말했다. 유산이 아니라 빚만 남겨주는 부모면요? 치매나 암 같은 병으로 고생시킬 수도 있고. 그런 것까지 생각하면 '우리 아이'들이 나을 수도 있지요.

희망이를 찾아내서 자식으로 입양하겠다고, 앞장서라고 하는 것을 겨우 달래서 집으로 보냈었다. '우리 아빠'나 '우리 엄마'는 친자 확인이나 부모의 권리를 주장할 수 없게 되어 있다. 물론 입양에 대한 것은 이야기된 것이 없다. 2년 전 처음으로 사회에 편입되었기 때문에 앞으로 어떤 문제가 발생할지 아무도 모르는 일이다.

"그날, 내가 좀 과했지?"

"아뇨. 형님이 틀린 말씀을 하신 것도 아닌데요."

"국가가 한 일인데, 꼭 내가 죄를 짓는 것 같아서 말이야."

"그리 말씀하시면 저는 뭐가 됩니까. 이삼 년은 더 해야 하는데."

"말이 그렇다는 거지. 그런데, 요기 앞에 있는 편의점 알바하는 총각 봤나? 너하고 똑같이 생깄데이."

"네? 그런 말은 농담으로라도 하지 마세요."

"농담 아니다, 나중에 한번 봐봐."

"거참, 하지 마시라니까. 그거 말고 말입니다. 저기 저 끝에 앉아 있는 사람, 신참이지요?"

"그런 것 같다. 오늘 같이 한잔하자 하까?"

항상 그렇듯이 노력한 만큼 보답이 오는 법이다. 이번에 생산한 정자들도 역시 적격확인을 받았다. 한철이 형도 마찬가지. 우리 종대, 대단해. 한 번도 떨어지는 걸 본 적이 없단 말이지. 내가 이걸 세상 사람들한테 막 말하고 싶은데 말이야. 보소. 보소, 여기 좀 보소. 야는 시험만 치면 합격입니다, 하고 말이야. 나는 큰소리로 떠드는 한철이 형의 두세 걸음 뒤에서 걸었다. 한철이 형이 신입의 어깨를 팔로 두르고 끌고 가는 바람에 신입은 꼼짝없이 우리와 합석을 했다. 나이는 서른. 대학 졸업 후 지역 유통회사에 입사해서 다니던 중에 그냥 일하기가 싫어서 그만두었다고 했다. 한 달에 두 번만 하면 되잖아요. 돈도 그 정도면 적당하고. 신입이 말했다. 생산만 한다고 채택이 되는 것이 아니야. 이 일도 자기관리가 중요해. 한철이 형이 걱정스러운 듯 쳐다보며 충고했지만 신입은 별 신경을 쓰지 않았다. 저는 아직 건강해요. 오늘도 특별한 관리를 안 했는데 적격확인 받았는데요. 이틀 전까지 술 먹고 여자 친구랑 잠자리까지 했는데도 무사통과되었다고 신입이 자랑을 했다. 고개를 끄덕인다던가 듣는 척이라도 했다면 좋았을 것을. 한철이 형의 훈계에 불을 지폈다.

"어찌되었건 이 업계에 발을 들여놓았으니 하는 말인데, 자네가 하는 일은 그냥 일이 아니야. 우리나라에 건강한 인재를 제공하는 아주 중요한 일을 하는 거야. 우리가 직접 키우지 않는다는 것만 다를 뿐, 내 자식을 만든다는 심정으로 준비해야 한다, 이 말이야."

통하지 않는 이야기였다. 말이 틀린 것은 아니다. 듣는 사람이 준비되지 않았을 뿐. 아마도 몇 번의 성공과 몇 번의 탈락 후, 언젠가 사라질 삼십 대였다. 괜히 데리고 왔다는 생각을 했다. 게다가 여자 친구까지 있다니. 여자 친구는 이 사실을 알까. 잠시 잠깐 푼돈이나 벌어볼 요량으로 사업에 참여하는 사람들은 항상 있었다. 그들은 관리라는 것을 몰랐다. 합법적으로 야동을 보여주고 무료로 건강검진까지 해주며 거기다 돈까지 얹어주는, 이상하지만 좋은 그런 사업이라고 생각하는 것 같았다. 술이며 담배며 절제할 줄 몰랐다. 매년 실시하는 검진이나 생산 당일 실시하는 검사에서 불합격 통보를 받기 일쑤였다. 결과를 인정할 수 없다며 재검 요청을 하거나 통과시켜달라 떼를 쓰는 사람들 대부분이 그런 사람들이었다. 전날 마신 술값과 화대를 감당하기 위해 그 돈이 필요한 사람들이었다. 아마 대한민국 '우리 아이'들의 절반은 내 자식이고 나머지 반은 종대 네 자식이지 싶다. 한철이 형은 그런 사람을 볼 때마다 내게 이야기했다. 그 사람들의 정자와 우리의 정자가 섞여 난자를 향해 돌진할 때 우리의 정자가 그 사람들의 정자에 질 리가 없어. 절대로. 그건 정의가 아니야. 과학이 아니라고. 주먹을 불끈 쥐는 한철이 형 앞에서 나는 고개를 끄덕이고는 했다.

"젊음이 좋기는 하네. 우리는 보름 동안 열심히 준비해야 겨우 적격 판정을 받는데 말이야. 사람이 아무리 노력한다고 해도 자연의 순리, 나이를 넘어설 수는 없지."

신입을 앉혀두고 술자리의 분위기를 깰 수 없었다. 나는 신입이 뭐라도 한마디 해주기를 기다렸다. 신입은 조용히 있었고 말은 한철이 형이 했다.

"그럴수록 계란도 많이 먹고, 금욕하고, 운동해야 하는 거지. 언젠가 '우리 아이'들이 이 나라의 기둥이 되지 않겠어? 그러니 이상한, 되지도 않은 불량한 아이들이 태어나면 안 되는 거잖아. 나는 말이야. 우리가 유전자만 물려주는 것이 아닐 거라고 생각해. 우리가 준비하는 이 마음가짐과 성실성, 뭐 그런 것들을 정자가 가지고 가지 않을까. 난 나를 믿거든. 나는 꽤 괜찮은 아빠야. 가능한 한 오래도록, 많이, 우리 아이들을 태어나게 하는 데 도움이 되고 싶어, 그런데 이 나라가 말이야. 올해까지만 하라 하네. 허허. 종대도 이삼 년밖에 안 남았네. 열심히 해라. 지금처럼, 최선을 다해서.".

신입은 신기하다는 듯 쳐다보며 몇 잔 마시다가 먼저 일어섰다. 나도 한철이 형도 잡지 않았다. 두 번 볼 사람은 아니다. 아마도 신입도 여자 친구에게 가서는 한마디 했을 것이다. 세상에 돌아이들 많다고. 그것도 쌍으로 다닌다고.

삼십 대가 가고 나니 죽이 더 잘 맞았다. 그냥 일상의 삶을 이야기하는 것보다는 주제가 있는 대화, 욕할 놈이 있는 대화가 더 재밌는 법이다. 한참 동안 신입 삼십 대의 흉을 보았다. 한철이 형이 화제를 돌렸다.

"방금 재밌는 상상을 했거든."

"뭔데요?"

"내가 '우리 아이'들 중 반은 내 자식이고, 반은 네 자식일 거라고 했잖아."

"그런 이야기 하지 말라니까요."

"그러면 그 둘이 사귈 수도 있는 거잖아."

"허, 참. 그래서 우리가 사돈지간이라도 된다는 말입니까?"

"바로 그거지. 우리가 사돈이 될 수도 있다 이 말이지."

"반대로 형님 자식 둘이서 서로 좋아해서 결혼하면 어떻게 하실 건데요. 그러면 근친인데."

"어, 그건 안 되지, 말려야지. 아무렴 말려야지."

'우리 아이'들끼리 결혼할 때는 유전자 검사를 해서 가족 유무를 꼭 살피도록 제안을 하겠다는 한철이 형의 이야기에 맞장구를 쳐 주었다. 그런 문제를 날카롭게 지적한 네 녀석이 대단한 놈이라는 한철이 형에게 나는 당연하다고 말했다.

"이제 일어나지요."

"한잔만 더 하자. 보름에 한 번 마시는 술인데 1차로 끝나기에는 좀 아깝잖아."

"형님, 계속 실없는 소리 할 거면 전 갈 겁니다."

"알았다니까."

한참을 떠들었다 생각했는데 이제 겨우 저녁 아홉 시를 넘어가고 있었다. 간단하게 맥주로 2차를 하던 중, 한철이 형이 오늘이 조카 생일인 것을 깜빡했다며 일어났다. 저렇게 아이를 좋아하면 결혼해서 아이 낳고 살 것이지 왜 '우리 아빠'가 되었을까? 궁금했지만 묻지 않았다. 나에게 되물으면 할 말이 없었다. 다음 달부터 은퇴 후 같이 살 여자 친구나 찾아볼 생각이다. 이왕이면 여자 형제가 많은 여자를 만날까 한다. 나중에 종대가 은퇴하면 소개해줘야지. 택시를 기다리며 한철이 형이 말했다. 쓸데없는 말 하지 말고 빨리 타세요. 택시에 한철이 형을 밀어 넣으며 말했지만 이내 곧 '우리 아빠' 말고 다른 직업을 준비해야겠다는 생각을 했다. 나이 사십에 은퇴라는 것도 우스운 일이지만, 은퇴한 후에 누군가 전 직업을 묻는다면. '우리 아빠'였습니다. 이렇게 대답할 수는 없으니까. 물론 한철이 형이 비밀을 지켜주어야 하겠지만.

술자리에서 한철이 형이 했던 말이 생각났다. 편의점, 나를 닮았다는 알바생. 녀석이 보고 싶어졌다. 정말 나를 닮았을까. 나를 닮지 않았어도 좋다. 사회에 발을 내딛은 '우리 아이'를 직접 본 적이 없다. 만약에 그 아이가 '우리 아이' 출신이라면 어깨라도 두드려

주고 용돈이라도 쥐어주고 오리라. 이 세상에 스스로 원해서 오는 사람은 없지만, '우리 아이'들은 더더욱 그럴 테니까. 오직 생산과 소비를 위해 만들어진 자신들을 발견할 때 '우리 아이'들은 어떻게 할까. 공장에서 만들어진 소모품처럼 세상에 나왔다는 것을 자각할 때 그들은 무슨 말을 할까. 언젠가 맞닥뜨릴 '우리 아이'들의 복수를 우리가 감당할 수 있을까? 나는 용서받을 수 있을까?

편의점 창밖으로 녀석이 보인다. 평범한 얼굴인 것 같은데. 나를 닮았다고? 부인과 아이를 버리고 집을 떠나 세상을 돌아다니다 볼품없는 노인이 되어 다시 돌아온 아버지, 그 아버지가 아들을 훔쳐보는 영화의 한 장면처럼 편의점 창 너머로 녀석을 보았다. 문을 열고 들어섰다. 어서 오세요. 생기 없는 목소리가 음료수 진열대로 향하는 나를 느리게 쫓아왔다. 네, 안녕하세요. 대답하고 싶지만 이미 녀석은 다른 손님의 물건값을 계산하는 중이다. 음료수 진열장을 지나 컵라면 진열대로, 코너를 돌아 스낵 진열대로. 서성이는 나를 녀석이 힐끔 쳐다본다. 진열장과 진열대를 오가며 나도 녀석의 얼굴을 살펴본다. 닮았나? 정말? 높지 않은 코와 두툼한 아랫입술, 쌍꺼풀 없는 눈, 약간 튀어나온 턱, 오른쪽으로 틀어진 비대칭의 얼굴. 닮았다. 게다가 녀석도 손톱을 물어뜯고 있다. 버릇도 유전이 되나?

가슴이 쿵쾅거린다. 얼굴은 달아올라 화끈거린다. 머릿속은 어지럽다. 휘청했다. 알코올이 더해진 탓이다. 침착하자. 녀석이 '우리 아이'가 맞을까? 컵라면을 하나 골랐다.

"이거."

"드시고 가시게요?"

"네."

"뜨거운 물은 저쪽 테이블에 있습니다. 다 드시고 나시면 밑에 있는 국물 통에 남은 국물을 붓고, 분리수거 해주시면 됩니다. 김치는 안 필요하세요?"

"김치도 하나 주세요."

이름표에 써 있는 이름은 '김철수'다. '철수'라니. 요즘 아이 이름에 '철수'라는 이름을 붙이는 부모가 있을까? 흔한 선택은 아니다. 흔한 성에 흔한 이름이다. 내가 지금 무슨 생각을 하는 거지? 녀석이 건네준 꼬마 김치 포장을 열고, 라면에 스프를 붓고, 뜨거운 물을 채웠다. 기다리는 거다. 기다리다 보면 라면도 익을 테고 다른 힌트가 나오겠지. 편의점 주인이라도 오면 조용히 가서 물어보리라.

"야, 인마, 계산 똑바로 해."

"똑바로 한 건데요?"

"요오? 이 새끼가 어른한테 '요'자를 붙이네."

"똑바로 계산한 겁니다."

"인마, 내가 오만 원짜리 줬잖아. 담배 하나 샀고, 그러면 사만 오천 원 거슬러줘야 할 것 아니야?"

"오천 원짜리 주셨거든요. 아니 주셨습니다. 잘못 생각하고 계신 것 같은데요."

"뭐 잘못 생각한다고? 와아. 인마 웃기네."

"와 그라요? 무슨 일인데?"

"내가 아까 오만 원짜리 한 장 들고 있는 것 봤제."

"봤지."

"그걸로 담배 한 갑 달라고 하니까, 담배만 주고 잔돈을 안 주잖아. 잔돈 달라니까 이 알바 새끼가 오천 원짜리 받았다고 박박 우긴다 아이가. 미치겠다."

동네 깡패인지 지나가는 사람들인지 알 수 없다. 아이가 이상한 상황에 빠져 있다. 녀석들은 세 명이다. 나는 무얼 할 수 있나.

"히야. 인마 이거. 이름이 김철수네 철수. 야, 인마. 철수, 니 '우리 아이' 맞제?"

"네?"

"맞네, 맞네. 표정 보니 딱 맞네. '우리 아이'."

"오. 그 말로만 듣던 '우리 아이'네. '우리 아이'를 만들어서 편의점 알바 시키고 있네."

"편의점 알바가 모자라서 '우리 아이'를 만든 건가?"

"인마, 그라지 마라. 인마도 사람이다. 듣고 있으면 기분 나쁘지, 지도."

"뭐, 기분 나쁘면 우짤 낀데. 내가 낸 세금으로 태어나서 입히고 먹여서, 공부까지 가리키가 이리 편의점 알바 만들어줬으면 감사합니다, 해야지. 안 그렇나, 인마. 야, 우리 아이. 감사합니다, 해봐.”

“해보라고 씨발놈의 ‘우리 아이’야.”

“이러지 마세요.”

“이러지 마세요오. 웃기고 있네.”

녀석들은 잔돈에 관심이 있는 것이 아니다. ‘우리 아이’를 놀리고 있다. 라면을 말아 들고 있던 젓가락이 떨렸다.

“거, 듣고 있으니 조금 심하시네. 그만들 좀 하시죠.”

내가 왜 그랬을까.

“저건 또 뭐꼬? 아저씨, 아저씨는 또 뭔교? 사장인교?”

“내가 뭔지가 중요한 게 아니고, 그 알바 좀 괴롭히지 마시라고요.”

“그니까, 아저씨가 뭔데 참견이냐고요. 씨발. 편의점 주인이냐고요.”

“아니, 그게 아니고, 불쌍해 보이니까 괴롭히지 말자고.”

“웃기네, 은근슬쩍 말도 놓네. 씨바. 니 뭔데? 뭔데 ‘우리 새끼’ 편을 드냐고?”

“우리 새끼가 아니라 ‘우리 아이’지요. 우리들의 아이다, 뭐 이런 뜻이랄까.”

“뭔데. 인마, 또라이 아이가? 별 미친 소리를 다 듣겠네.”

분명 술기운이었을 것이다. 술기운이었겠지. 그렇지 않고서야 내가 세 명의 건장한 사내들을 혼자서 감당하고 있다니.

"어이, 아저씨. 영화 찍어요? 영화배우예요? 용감하시네. 용감한 것 알겠으니까 적당히 하고 찌그러지소. 라면이나 빨리 묵고 나가소. 국물 잘 버리고. 나는 인마한테 잔돈을 받아야 갈 테니까. 그라고, 우리 새끼, 가만히 서 있지 말고 빨리 잔돈 도. 사만 오천 원."

"우리 새끼 아니라니까, '우리 아이'라니까."

"미치겠네. 야. 라면. 니 뭔데. 뭔데 나서노."

"나? 나 우리 아빠다 왜? 아, 빠, 라고오. 다 나와 이 새끼들. 오늘 다 죽었어."

편의점 앞 인도였다. 건장한 덩치 세 명이 나를 둘러싸고 아래로 내려보고 있었고, '김철수'는 어딘가로 급하게 전화를 걸었다. 나는 행인을 불러 모으듯 악다구니를 쓰고 있다. 나는 아빠니까. '우리 아빠'.

아라히임

지금 저의 친서를 보고 있으신 분이 '아흐' 제독이시라면, 우리의 사절단이 자신의 임무를 충실히 이행한 결과일 것입니다. 아울러 우리의 사절단을 제독의 앞까지 안내해준 귀 종족의 여러 구성원들께 감사의 뜻을 전합니다. 또한 우리의 언어에 담긴 뜻이 귀 종족의 언어로 옮겨지는 과정에 의도하지 않은 오해나 귀 종족의 마음을 상하게 하는 실수가 생기지는 않았을지 걱정이 앞섭니다. 모쪼록 선의와 아량의 마음으로 우리의 서신을 읽어 주셨으면 합니다.

'우리'라고 이야기했습니다. 이 서신이 저뿐만 아니라 제가 속한 이 공동체 전체의 마음과 뜻을 담아서 보내는 글이라는 것을 강조하기 위함입니다. 저는 저 개인이 아니라 우리 공동체의 대표로서 우리 공동체 구성원들이 토론하고 서로를 설득하여 내린 결론을 당신께 전하고자 합니다.

귀 종족을 무엇이라 불러야 할지에 대한 우리 나름의 논의가 있었습니다. 귀 종족이 스스로를 무어라 부르는지에 대해 알지 못합니다. 귀 종족의 문화와 제도, 역사를 알지 못하는 우리에게는 어려운 과제입니다. 무턱대고 귀 종족을 '악마들'이나 '괴물들'로 부를 수는 없습니다. 고유의 의미와 태도를 내포한 단어를 가져와 호칭으로 사용하는 것은 우리가 받아들일 수 없는 방식입니다. 그것은 선입견과 편견을 불러오는 가장 흔한 태도이기 때문입니다. 또한 태평양 저편에서 귀 종족과 전쟁을 벌이고 있는 얼굴 흰 자들이 즐겨 취하는 방법이기도 합니다. 그들은 이미 귀 종족의 붉은 얼굴을 뜻하는 '레드'에 '몬'자를 붙여 '레드몬'이라는 신조어를 만들었습니다. 그리고 귀 종족을 '레드몬'으로 부를 것을 우리에게 강권했습니다. '레드몬'이라는 신조어는 우리말로 바꾸자면 '붉은 괴물'입니다. 우리는 그것을 거부했습니다. 모르는 이들에게 괴물이라는 단어를 붙이다니. 있을 수 없는 일입니다. 더구나 피부색으로 타 종족을 비하하고 업신여기는 것은 옳은 일이 아닙니다. 태평양 너머의 그들은 과거 우리를 '노란 녀석'이라 불렀습니다. '노란 녀석' 속에는 단순히 얼굴이 노랗다는 것 외에 '자기들보다 미개한', 혹은 '어리석은, 자신들과 동등하게 대접해줄 수 없음'의 뜻이 들어 있었습니다. 우리가 저들을 '흰 녀석'이라 부르지 않았음에도 저들은 망설임 없이 우리를 '노란 녀석'이라 불렀습니다. 우리가 저들을 '얼굴 흰 자'라 부르는 것 또한 옳은 일이 아님을 알고 있습니다. 허나, 우리는 귀 종족에 보내는 서신에 한해서 그들을 '얼굴 흰 자'로 표현하기로 했습니다. 결코 비하하거나 업신여기기 위해 그렇게 부르는 것이 아닙니다. 우리는 그들과 다르다는 것을 표현하기 위해 선택했습니다. 단순히 얼굴이 흰색이냐 노란색이냐의 문제가 아닙니다. 귀 종족에 대한 판단과 귀 종족을 대하는 태도에서 우리는 얼굴 흰 자들과 다른 입장을 취할 것이기 때문입니다.

귀 종족을 무어라 부를 것인지에 대한 우리의 결론은 '모른다는 것을 인정하자'였습니다. 귀 종족에 대해서 충분히 알고 이해할 때까지, 귀 종족이 우리에게 적대적인 행위를 하지 않는 한 우리는 귀 종족을 '누구'라 부르기로 했습니다. 지금부터 귀 종족을 '누구'라 부르겠습니다.

호칭에 대한 논의 다음으로 우리가 이야기했던 것은 '누구'는 우리의 친구인가, 적인가에 대해서였습니다. 중요한 문제입니다. 우리가 '누구'에 대해 어떤 자세를 취할 것인지에 대한 이야기입니다. 우리는 우리가 가진 경험을 벗어날 수 없습니다. 인류의 역사에서 유사한 사례를 살펴보았습니다. 기록으로 남겨진, 길지 않은 인류의 역사에는 미지의 땅에 처음 발을 내디딘 누군가와 그 땅에 살고 있던 이들 사이에 어떤 일이 벌어졌는지 살펴볼 수 있는 몇 가지 사례가 있었습니다.

태평양 너머 북아메리카라 불리는 대륙에 얼굴 흰 자들이 처음 발을 내딛은 것은 지금으로부터 500여 년 전이었습니다. 다시 100년이 흐른 뒤 얼굴 흰 자들이 집단이주를 시작했습니다. 그들은 북아메리카 대륙에 살고 있던 원주민들과 맞닥뜨렸습니다. 원주민들은 얼굴 흰 자들에게 마실 물과 먹을 음식을, 농사를 짓고 휴식을 취할 땅을 제공했습니다. 얼굴 흰 자들은 그것에 만족하지 않았습니다. 조금씩 더 많은 것들을 요구했습니다. 합리를 가장한 강압과 문화의 차이를 이용한 위계, 앞선 무기체계를 근거로 한 약탈이 그들의 방식이었습니다. '조금씩'은 모여 큰 덩어리가 되어갔습니다. 그리고 결국 대륙을 자신들의 것으로 만들었습니다. 지금 그곳에서 얼굴 흰 자들이 당신들을 상대로 벌이는 전쟁은 그들 자신의 역사로부터 시작되었습니다. 그들은 지금 대륙의 원주민입니다. 그리고 '누구'는 대륙에 발을 내딛었던 '그들'입니다. 그들은 자신들이 원주민에게 어떻게 했었는지 잘 알고 있습니다. 너무나 잘 기억하고 있기에 '누구'를 상대로 그렇게 행동하는 것입니다. 우리는 '누구'에게 묻습니다. '누구'는 그들과 같은 자들입니까?

하나의 사례가 더 있습니다. 얼굴 흰 자들의 고향은 유라시아 서쪽입니다. 유라시아 서쪽에서 또 하나의 무리가 남아메리카로 향했습니다. 500여 년 전의 일입니다. 남아메리카 원주민들은 얼굴 흰 자들을 신이라 여겼습니다. 자신들을 구원하기 위해 온 것이라 생각했습니다. 그러나 그 신은 구원의 신이 아니었습니다. 파괴의 신이었고 약탈의 신이었습니다. 질병의 신이었습니다. 바다 건너온 얼굴 흰 자들로부터 전해진 전염병으로 인해 원주민의 상당수가 죽음을 맞이했습니다. 살아남은 자들은 얼굴 흰 자들의 노예가 되거나, 그들이 요구하는 황금을 모으는 데 동원되었습니다. 남아메리카에서 더 이상 황금을 찾을 수 없게 되자, 얼굴 흰 자들은 그곳을 버렸습니다. 남겨놓은 것은 착취와 파괴의 흔적뿐이었습니다. 지금 유라시아 서쪽에 살고 있는 얼굴 흰 자들이 '누구'를 향해 드러내는 극단적인 공포와 경계는 그들의 역사에서 비롯된 것입니다. 우리는 '누구'에게 묻습니다. '누구'는 신입니까? 신이라면 어떤 신입니까?

우리는 이 질문들과 논의가 우리의 제한된 경험을 바탕으로 한 것임을 압니다. 온전한 우리의 경험이 아니라는 것도 압니다. 그럼에도 우리가 '누구'에게 물을 수 있는 것은 '우리'이기 때문입니다. 우리에게는 침략과 억압으로 고통받았던 역사가 있습니다. 그것은 미지의 존재에 얽힌 역사가 아닙니다. 우리의 경험은 이웃으로부터, 익히 잘 알던 자들과의 관계에서 시작되었습니다. 이웃이라 여겼던 혹은 미개하다 생각했던 옆 섬나라 사람들의 침략이 있었습니다. 우리에게는 오히려 가까운 자들이 더욱 두려운 존재였습니다. 그들은 당시 우리보다 앞선 기술과 경제력, 군사력을 가지고 있었지만, 우리는 그들을 '앞선 자'로 인정하지 않았습니다. 그들의 지배를 받아들일 수 없었습니다. 그들의 도덕과 그들의 문화가 우리보다 앞서지 않았기 때문입니다. 물론 우리는 이미 모든 측면에서 그들을 넘어섰습니다.

'누구'가 우리의 친구인지 적인지에 대한 논의가 한창이던 중, 판단에 도움이 될 만한 작고 소중한 이야기 하나가 전해져 왔습니다. 우리의 젊은 구성원 한 명이 순간의 잘못된 판단으로 스스로 죽음을 택하려 했습니다. 그가 다리 아래로 몸을 던졌을 때 다리 근처에 있던 '누구'의 한 구성원이 그를 구해주었다는 이야기를 들었습니다. 우리의 표정은 한결 부드러워졌습니다. 그것이 우리에 대한 선의의 표시였는지 아니면 길고양이에게 먹이를 던져주는 것과 같은 행동이었는지 구별하는 것은 중요하지 않았습니다. 최소한 생명의 소중함을 알고 있다는 것을 뜻했습니다. 우리의 하늘에 자리 잡은 2주 동안 우리에게 적대적인 행동을 취하지 않았다는 사실과 우리의 젊은 구성원의 목숨을 구해준 정황을 근거로 우리는 결론을 내렸습니다. '누구'는 적어도 우리의 적은 아닙니다.

우리 중 한 명이 '누구'는 왜 이곳에 왔는가에 대한 질문을 던졌습니다. 2주 동안 '누구'가 우리에게 무엇을 요구하거나 그들의 입장을 표현한 것이 없었기에 당연한 질문이었습니다. 우리는 앞선 두 가지의 논의에 비해 비교적 쉽게 결론을 내렸습니다. 질문에 대한 구성원들의 대답을 대략적으로 정리하면 세 가지로 나누어집니다.

첫째, 물질적인 것. 예를 들자면 천연 자원이나 식량 혹은 인류 자체는 '누구'의 목적이 아니라는 것이었습니다. '누구'가 이곳에 온 이후 그들을 먼저 공격하지 않는 한 인간을 먼저 공격하지 않았다는 점과 무언가를 살피기 위해서 정찰을 보낸다든가 시료를 채취하기 위해 탐사선을 보내는 등의 행위를 하지 않았다는 것을 근거로 들었습니다. 이것은 낙관론자들의 이야기이기도 합니다. 그랬으면 좋겠다는 이야기이지요. 저 또한 마찬가지입니다. 하지만, 그렇다면 '누구'의 방문 목적이 무엇이냐에 대해서 낙관론자들은 대답을 하지 못했습니다.

둘째, '누구'가 왜 이곳에 왔는지를 추정하는 것은 실익이 없다는 이야기였습니다. 이미 '누구'를 적이 아니라고 결론 내린 이상, 그들이 무엇을 요구하거나 이곳에 온 목적을 이야기할 때까지는 판단을 보류하자는 것이었습니다. 현실적인 이야기입니다. 자신만의 경험을 근거로 선험적으로 예측하여 벌어진 것이 바로 태평양 건너에서 진행되고 있는 '누구'와 '얼굴 흰 자'들의 전쟁입니다. 얼굴 흰 자들의 판단은 자신들의 경험에서 비롯된 두려움으로부터 나왔습니다. 침략을 당해본 자의 경험이 아니라 침략을 해본 자의 경험입니다. 침략당하고 점령당한 자들이 어찌되었는지 잘 알기에 저렇게 극렬히 반응하는 것입니다. 어벤져스가 되었건 저스티스 리그가 되었건 우리는 그들이 '누구'를 상대로 벌이는 전쟁에 동의하지 않습니다. 성조기를 배경으로 하늘을 날아다니는 그들의 히어

로들과 '누구'의 전투 와중에, 무너진 건물과 불타는 차량 속에서 가족을 잃고 부상과 죽음을 당하는 것은 민간인들입니다. 이야기의 흐름에서 벗어나 감히 '누구'에게 부탁드립니다. 그들의 역사적인 배경을 이해해주시기 바랍니다. 만약 '누구'의 문명이 더 진보된 문명이라면 먼저 얼굴 흰 자들이 두려움으로부터 벗어날 수 있도록 그들에게 기회를 주시기 바랍니다. 넓게 보면 우리와 얼굴 흰 자들은 유전적인 동질성을 바탕으로 한 하나의 종족입니다. 동족이 고통받고 죽어가는 것을 언제까지 지켜볼 수 있겠습니까.

세 번째 대답은 비슷한 맥락에서 시작합니다. 우리 중 한 명이 이야기했습니다. '누구'가 우리보다 앞선 문명을 가진 이들이라면 그들에게서 배우면 된다. 그들이 같이 살고자 하면 같이 살면 될 것이고, 그들이 원하는 것이 있다면 주면 된다. 대신에 우리도 원하는 것을 받으면 되지 않는가, 하고 말했습니다. 우리보다 앞선 문명이라는 것은 기술적으로 군사적으로 앞서 있다는 것을 말하는 것이 아닙니다. 우리의 표현대로라면 철학적으로 정신적으로, 도덕적으로 그리고 문화적으로 우리보다 더 나은지를 말하는 것입니다. 우리는 늘 그래왔습니다. 우리보다 앞선 문명을 받아들이고, 그들을 스승으로 모시는 것을 거부하지 않았습니다. 그러나 우리보다 앞서지 못한 문명이 기술과 물리력의 힘으로 우리를 굴복시키려 하였을 때는 저항하였습니다. '누구'의 학자들이여, 우리의 역사를 들여다보십시오. 우리 스스로 고개를 숙이고 배움을 청한 사례는 무수히 많으나 폭력에 굴하여 침묵을 지켰던 예는 찾을 수 없다는 것을 당신들은 곧 알게 될 것입니다. 얼굴 흰 자들이 보이는 저항 따위는 비교할 수 없습니다. 우리의 저항은 지속적이고 치밀하며 자기희생적입니다. 한 명의 영웅에 기대어 그의 얼굴만을 쳐다보는 저항이 아닙니다. 집단 전체의 운명을 건 저항이 될 것입니다. 어떻습니까? '누구'는 우리보다 앞선 문명입니까?

자연스럽게 우리는 '누구'가 우리보다 앞선 문명인지 아닌지를 어떻게 판단할 것인가에 대해 논의하기 시작했습니다. 이 서신에서 진정으로 '누구'에게 이야기하고 싶은 부분이기도 합니다. 제독과 제가 만나 몇 번 밥을 먹고 대화를 한다고 해서 '누구'의 문명에 대한 판단을 할 수 있겠습니까?

우리는 두 가지의 방법을 생각해내었습니다. 그중 하나는 지금 이 서신을 가지고 간 사절단입니다. 사절단은 우리의 역사에서 자주 취했던 방법입니다. 우리는 우리보다 앞선 문명에는 늘 사절단을 보냈습니다. 사절단은 그 문명으로 들어가 그들과 생활하고 그들에게서 배우고, 그들에 대한 판단의 근거를 가지고 왔습니다. 사절단의 판단이 항상 옳았던 것은 아니지만, 그렇다고 해서 사절단을 보내는 행위 자체가 잘못된 것은 아닙니다. 지금 이 편지를 가지고 간 사절단은 역사와 철학에 대한 깊은 안목과 미지의 세계에 대한 호기심과 새로운 세계에 도전하는 용감함을 겸비한 우리의 정수입니다. 우리는 이들이 당신들의 세상으로 들어가 같이 생활할 수 있기를 희망합니다. 이들이 돌아와 '누구'에 대해서 이야기할 때 우리는 그들의 이야기를 전적으로 받아들일 것입니다. 사절단에 대한 우리의 제안을 받아들이신다면 '누구'의 답을 받아 우리에게로 귀환할 한 명만 돌려보내시고 나머지 사절들은 '누구'의 세상으로 데려가주시기 바랍니다. 또한 이들은 '누구' 문명의 최고 지위를 가진 누군가 혹은 위원회 혹은 그 형식이 무엇이든 그 위치에 해당되는 곳에 전할 저의 친필 서신과 우리의 역사와 문화가 담긴 저장 매체를 가지고 있습니다. '누구'가 우리를 이해하는 데 도움이 될 것으로 판단합니다. 우리 중 일부는 이 저장 매체를 '누구'에게 전하는 것이 우리를 '누구'에게 가져다 바치는 매국 행위라 비난하고 있습니다. 부디 그것이 오해라는 것을 저들이 깨달을 수 있도록 해주시기 바랍니다.

또 하나의 방법은 아이들을 통한 것입니다. 육체적, 정신적인 발달을 완전히 이룬 성체가 아닌 원형으로서의 아이들을 통해 '누구'와 우리들의 수준을 가늠해보고자 합니다. 자신의 의도와 목적을 숨기고 웃으며 이야기 할 수 있는 성체가 아닌 이제 막 성장하기 시작한 아이들을 통해 '누구'가 우리보다 앞선 문명으로서의 자질을 내포하고 있는지 판단하고 싶습니다. 시험과 같은 형식이어도 좋습니다. 두 문명의 아이들을 한데 섞어서 집단생활을 시켜보는 것도 한 방법이겠습니다. 어느 방법을 선택하든, 그것은 우리에게도 첫 경험이 될 것입니다. 다른 목적이나 의도가 숨어 있지 않다는 것을 다시 한 번 말씀드립니다.

이 두 가지 제안의 목적은 앞서 말씀드린 바와 같이 '누구'의 문명이 우리보다 앞서 있다는 것을 확인하기 위함입니다. 그리고 그것이 확인되는 순간, 우리는 기꺼이 '누구'의 문명을 받아들이는 첫 인간 공동체가 될 것입니다.

우리의 운명을 건 긴 토론 끝에 내린 결론이며 편지입니다. 우리의 선한 의도를 믿어주시고, 깊이 생각해주시길 바랍니다. 빠른 답변을 기다리지는 않겠습니다. 좋은 답변을 기다리겠습니다. '누구'의 답변을 확인하는 시간까지는 잠재적인 친구로 '누구'를 대할 것을 약속합니다.

다시 한 번 우리의 젊은 구성원을 죽음으로부터 구해주신 데 대하여 감사드립니다.

대한민국 29대 대통령 김 달라이

한쪽 벽면 전체를 차지한 스크린에 대통령의 서신이 비추어졌다. 그들의 언어로 번역된 자막이 지나간다거나 통역 방송이 나오는 것은 아니었다. 한 줄씩 내용이 올라가는 동안 스크린이 불규칙적으로 떨렸다. 스크린의 떨림은 공기의 파동을 만들어냈다. 잔잔

한 바람이 불어오는 것 같았다. 강당의 중앙에 서서 스크린을 바라보고 있던 사절단의 옷깃이 흔들리기도 했고, 가볍게 볼을 스치고 지나가기도 했다. 여름날 오후 막 지나간 소나기 뒤 불어오는, 흙먼지 냄새가 섞인 시원한 바람 같은 진동이 간간이 느껴졌다. 이것이 서신에 대한 그들의 반응이라면. 사절단은 서로의 얼굴을 쳐다보며 웃음 지었다. 서신의 마지막 한 줄 '대한민국 29대 대통령 김달라이'가 올라가고 스크린이 꺼졌다.

'누구'들은 삼삼오오 짝을 지어 앉아 있었다. 엉덩이만 한 작은 판 위에 앉아 있었는데 어떤 것은 위로 떠올라 있기도 했고, 바닥에 내려앉아 있기도 했다. 드론이 날아다니듯 움직이며 서로를 마주하기도 하고, 여럿 앞에 선 한 명을 바라보고 있기도 했다. 사절단이 들을 수 있는 소리는 없었다. 지구의 거의 모든 동물이 사용하는 성문을 통한 울림, 고막을 통한 들음은 존재하지 않았다. '누구'들은 사절단이 그들의 대화를 들을 수 없다는 것을 알고 있었다. 사절단을 의식하지 않고 그들끼리 소리 없는 난상 토론을 했다.

제법 오랜 시간이 지났다. 사절단은 그들이 제공하는 차 한 잔을 마실 수 있었다. 독특한 향이라든가 색을 가지고 있지는 않았다. 그냥 따듯했다. 사절단은 저들이 우리에게 호의를 가지고 있지 않다면 이리할 리 없다고 생각했다. 그러나 기다림의 시간이 길어질수록 불안한 마음이 고개를 들었다. 그들이 '무슨 개 같은 소리를!'이라며 우리를 쫓아낸다면 어떻게 해야 하는 거지? 동맹국들과 다른 길을 선택한 우리가 '누구'로부터도 외면을 받는다면 어쩌지? 선택할 수 있는 다른 길이 남아 있지 않다는 것을 사절단은 알고 있었다.

이윽고 그들 중 한 명이 사절단에게 다가왔다. 그가 손바닥을 펼치자 손바닥 위로 작은 스크린이 만들어졌다. 답을 가지고 갈 한 명이 누구인지 물었고 답장을 가지고 돌아갈 한 명을 제외한 나머지 사절들을 이끌고 사라졌다. 남아 있는 한 명의 손에 답이 쥐어졌다.

보내온 서신 잘 보았다. 너희뿐 아니라 이 행성의 국가들 전체가 이 답장에 주목하고 있을 것이라는 것을 잘 알기에 우리가 할 수 있는 한 최대한 빨리, 그리고 최선의 논의를 진행하였다. 너희와 우리의 언어 습관이 상이하다는 것을 염두에 두기 바란다. 너희의 표현을 빌려 말하자면 나의 말투가 건방지게 느껴질 수 있다는 것을 안다. 그러나 그것은 언어의 문제일 뿐, 너희가 지금 느끼는 것처럼 우리가 너희를 무시하는 것이 아님을 알아주기 바란다. 우리의 언어에는 낮음이 없다. 그러니 높임도 있을 수 없다. 선과 점으로 나타내는 문자나 성문을 울려 전하는 말들은 개체간의 진정한 이해와 동의를 구하는 데 적합하지 않다. 그것들은 거짓으로 꾸밀 수 있는 것들이며 심지어 사용하는 자 스스로를 속일 수도 있는 언어의 형태다. 우리는 전신의 진동을 언어로 사용한다. 이것은 심장의 떨림과 육체의 긴장, 뇌로부터 나오는 파동까지 결합되고 반영되어 나오는 진동이다. 진실이 아닌 것들은 전해지지 않는다. 혹 거짓을 전하려 할지라도 만들어내지 못한다. 그 진동을 너희의 언어로 바꾸어 쓴 답장이다. 앞으로 읽게 될 답장의 내용에 대해 의심하지 말라.

우선 내 이름은 너희의 언어로 하자면 '아흐'가 아니라 '아브'다. 아마도 북아메리카로부터 전해진 정보에 따라 내 이름을 추정한 것 같은데, 그들이 정확하게 알고 있는 것은 아무것도 없다. 그리고 나는 제독이 아니다. 우리에게는 폭력의 문제를 관장하는 직책은 없다. 우주 전체를 둘러보건데, 폭력의 문제를 담당하는 관직을 가진 존재는 너희가 유일하다. 나는 너희의 방식으로 표현하면 평의회 의장이다. 또한 우리는 그들을 먼저 공격한 적이 없다. 심지어 그들이 먼저 공격을 해왔을 때에도 우리는 방어막을 쳤을 뿐 그들을 공격하지 않았다. 우리의 방어막에 튕긴 그들의 무기들이 민간인들에게 피해를 주었다. 민간인들에게 사과해야 할 쪽은 우리가 아니라 그들이다. 그들은 전쟁이라 말하고 있지만, 우리는 아직 전쟁을 시작하지 않았다. 우리로서는 인내의 시간을 보내고 있다. 그런 측면에서 볼 때 사절단과 서신을 보내온 너희의 태도는 상당히 합리적이라고 평가한다. 이는 나뿐만 아니라 우리 전체가 동의하는 점이다.

우리를 '레드몬'이라 부르지 않고 너희의 표현 '누구'로 불러준 것에 대해서도 만족한다. 우리가 너희를 미개종족이라 부르지 않는 것과 같다. 우리의 이름은 '아라히임'이다. '아라'는 너희의 언어로 이야기하자면 진실을 말하는 사람들이라는 뜻이며 '히임'은 문명의 전달자라는 뜻이 된다. 진실을 말하는 문명의 전달자, 이것이 우리의 이름이며 우리 종족의 운명이다. 이미 너희들이 짐작했겠지만 우리는 너희가 겪지 못한 단계의 문명으로 진화한 종족이다. 어느 단계 이상으로 우리의 문명이 발전했을 때 우리는 다음 단계로 나아갈 방향을 정하고 스스로를 '아라히임'이라 이름 붙였다. 우리의 성취를 다른 행성의 생명들과 나누는 것이 현 단계 우리 문명의 사명이다. 그것이 모두 이루어진 후 나타날 다음 단계가 무엇인지는 알 수 없다. 우리 인식의 한계다. 마주한 산을 넘어서지 않고서는 다음 산을 찾을 수 없다. 지금 마주한 산을 오를 뿐. 우리의 성취를 다른 생명들과 나누는 것은 분명 힘든 일이다. 그러나 그것은 묵묵히 가야하는 길이며 우리는 그 길에 대해서 의심해 본 적 없다.

지금 우리의 생활에는 너희로부터 배운 방식도 있다. 그것은 유랑이다. 우리는 한군데 정해진 곳에 터전을 잡지 않는다. 우리가 스스로를 '아라히임'이라 이름 붙일 즈음, 너희의 생활방식은 유목생활이었다. 먹을 것과 따듯한 곳을 찾아 옮겨 다니는 너희의 생활모습에서 단서를 얻었다. 우리는 우리의 성취를 받아들일 능력이 있는 문명을 찾아 유랑을 한다. 그리고 지금 이곳에 와 있다.

너희가 우리를 무어라 부를지 논의를 한 것처럼 우리도 너희를 무어라 부를지에 대해 논의를 했다. 앞에서 언급했듯이 나는 너희가 우리에게 서신과 사절단을 보낸 것을 높게 그리고 긍정적으로 평가한다. 하지만 그것이 얼굴 흰 자들과 너희를 구별할 근거가 되지는 않는다. 우리가 내려다보았을 때 너희는 똑같다. 살아남기 위해 선택한 방식이 다를 뿐.

우리 중 한 명이 너희의 의성어로부터 유래한 재미있는, 그러나 의미 있는 이름을 제안했고, 우리는 그것을 받아들였다. 우리는 너희와 이 행성에 살고 있는 유전적 동일 종족을 통틀어 '하아'라고 부른다. 너희들은 안타깝거나 답답한 상황에 이 의성어를 사용한다고 들었다. 우리가 너희를 바라보며 가지게 되는 마음이 딱 그러하다. 너희는 우리가 이룬 것과 같은 성취를 이미 수천 년 전 개체의 수준에서 이루어냈다. 너희가 예수라 부르는 자, 석가모니라 부르는 자, 마호메트라 부르는 자 등이 그러하다. 그러나 그것을 집단 전체의 성취로 확장하는 데 실패했다. 너희는 너희가 얻은 것이 무엇인지 모른 채 그것을 핑계로 무리를 이루어 서로를 구분하고 억압하는 데 사용했다. 너희의 문명이 성숙하지 못한 상태에서 손에 쥔 성취는 너희에게 독이 되었다. 너희는 그 이후로 한 발자국도 앞으로 나아가지 못했다. 우리가 너희를 보며 '하아'라 부르는 이유다. 우리가 우리의 다음 단계에 대해서 고민하지 않는 이유이기도 하다. 자격을 갖추지 못한 성취는 재앙이 된다.

서신과 사절단을 보내온 너희의 행동에 대한 보상을 하지 않을 수 없다. 답장을 준비하며 우리는 너희를 '하아' 종족 중 '음'이라 부르기로 했다. 너희가 고민을 하거나 무언가를 고려해야 할 때 쓰는 의성어라 들었다. 너희 분파를 보며 우리는 아마도 한번쯤 '음' 하고 고민을 하게 될 것이다. 너희들의 단어 중 의성어가 아닌 것들은 감히 차용할 수가 없다. 그 속에는 진실이 없다. 의성어는 그나마 발성하는 이의 마음에 담긴 진실을 표현하지 않는가. 우리가 너희의 언어 중 의성어를 선호하는 이유다.

너희 '음'은 우리에게 물었다. 우리가 너희의 친구인지 적인지에 대해 물었다. 너희들의 이분법적인 질문에 우리는 이렇게 대답을 하겠다. 우리는 너희의 스승이 되기 위해 왔다. 너희는 또한 우리에게 왜 이곳에 왔는지 물었다. 그 질문에 대한 답 또한 같다. 스승이 되기 위해 왔다.

너희들이 가진 것 중 우리가 탐나는 것은 한 가지도 없다. 우리는 디디고 설 땅을 찾아 이리로 온 것이 아니다. 얼굴 흰 자들이 남아메리카 원주민들에게 주었던 전염병과 같은 질병도 가지고 있지 않다. 전염병은 오히려 너희의 자랑이 아닌가. 우리는 노예나 금속 쇠붙이가 필요하지 않다. 우리는 언제든지 무엇이든 우리가 필요한 만큼 만들 수 있다.

무엇을 전하려 하는지에 대해서 이야기하겠다. 우리는 문명을 전하러 왔다. 너희는 생명의 목적이 유전자를 전하는 것이라 이야기한다. 유전자를 남기고 전하기 위해 집단을 만들고 생존한다고 이야기한다. 너희의 수준에서는 틀리지 않다. 우리가 전하려 하는 것은 그 다음의 단계에 관한 것이다. 단순히 네 가지 물질로 이루어진 유전자가 아니라 사고의 체계와 개체와 개체를 둘러싼 모든 것들에 대한 태도들, 우주를 바라보는 마음가짐을 너희에게 전하려 한다. 너희의 단어들 중 우리가 전하려는 것과 가장 가까운 개념은 밈이다. 우리는 우리의 밈을 퍼뜨리고 융성시키기 위해 유랑을 한다. 우리의 밈이 퍼져나갈수록, 융성할수록 우리 종족은 널리 퍼져나가게 되고 융성하게 된다. 우리의 밈을 받아들인 자는 우리 종족의 일원이 된다. 물리적인, 생물학적인 구성으로 타 종족과 구별하는 것이 아니라 사고와 문화의 체계로 서로의 동일성을 확인하는 것, 이것이 우리가 전하려는 것이다.

가진 자가 없는 자들에게 베풀 때 없는 자들이 가지고 있어야 할 최소한의 조건은 무엇인가? 감사의 마음? 아니다. 가진 자로부터 받은 것을 그 목적에 맞게 사용할 수 있는 자질이다. 우리는 너희가 우리가 너희에게 주려고 하는 것을 잘 사용할 수 있을지 살펴볼 것이다. 너희에게 자질이 있다면 기꺼이 너희의 스승이 될 것이다.

너희 '음'의 경험이 얼굴 흰 자들의 경험과는 다르다고 했다. 그러나 우리가 살펴본 바 그렇지 않다. 너희 '음'은 다른 이들로부터 받은 지배의 시간으로부터 배운 것이 없다. 오히려 그 시간 동안 다른 이들로부터 받은 억압과 멸시의 방법을 온몸으로 받아들인 듯하다. 너희는 그들보다 도덕적으로 문화적으로 앞서 있다고 했다. 그래서 그들의 지배를 인정할 수 없었다고 했다. 그런데 어떤가? 너희는 남쪽의 나라에 군대를 보내어 무엇을 했는가? 너희 '음'은 서로에게 무기를 겨누지 않았는가? 너희의 작은 도시들과 섬에서 너희가 행한 것은 무엇이었는가? 너희의 땅에 와 있는 다른 이들을 어찌 대하고 있는가? 우리가 이 서신에서 굳이 예를 들어야 하겠는가? 아직도 남과 북이라는 경계를 가지고 있다 들었다. 너희는 너희를 지배했던 그들보다 도덕적으로, 문화적으로 앞서 있는가?

그럼에도 불구하고 우리는 너희 '음'에게서 희망을 본다. 너희가 우리에게 얼굴 흰 자들의 역사적인 배경을 설명하고, 그 배경 속에서 얼굴 흰 자들의 행동을 이해해달라고 했을 때, 너희보다 앞선 문명의 기준이 기술이나 물리력이 아니라 철학과 도덕, 문화임을 말했을 때, 우리 중 하나가 너희의 젊은이를 구한 것에 대해 진심으로 감사해하고 생명을 바라보는 우리의 태도를 이해했을 때 우리는 너희에게서 기본적인 자질을 보았다. 그러나 명심하라. 너희는 '하아' 종족의 한 분파인 '음'이다. 우리의 판단은 '하아' 종족 전체를 대상으로 한다. 너희만 따로 떼어 생각하지 않을 것이다.

너희는 제안을 했다. 답하겠다. 제안을 받아들인다. 그리고 제안을 거부한다. 받아들이는 제안은 다음과 같다.

첫째, 너희들의 사절단을 받아들인다. 우리는 이미 사절단 중 한 명을 제외하고 나머지 사절들을 우리의 모선으로 옮겼다. 그들은 우리의 언어를 사용하는 법을 배울 것이며 우리의 문화와 도덕을 배울 것이다. 너희 '하아' 종족 중 누구보다도 먼저 우리 '아라히임'이 될 것이다. 우리는 이미 말했다. 생물학적인 기준이 아니라 문화와 도덕의 기준으로 우리와 다른 존재를 구분할 것이라 말했다.

둘째, 우리는 우리의 아이들과 너희의 아이들이 한데 섞여서 집단생활을 하는 것을 거부하지 않는다. 너희가 정한 수만큼의 우리 아이들을 보내겠다. 그리고 같이 생활하도록 할 것이다. 그러나 생활 방식은 우리를 따르라. 우리는 너희들이 아이들을 대하는 태도를 받아들일 수 없다. 우리는 너희가 교육을 통해서 아이들에게 무엇을 전하려 하는지 이해할 수 없다. 너희들은 학문을 통해 세상을 이해하는 법을 가르치는 것이 아니라 학문이라는 수단으로 타인을 넘어서고, 개인의 이익을 찾는 법을 가르치고 있다. 너희들은 예술을 통해 타인과 교감하고 자연과 타인을 받아들이는 법을 가르치는 것이 아니라 예술이라는 수단으로 욕망을 채우는 법을 가르치고 있다. 너희들은 육체 활동을 통해 타인과 함께 살아가는 방법을 가르치는 것이 아니라 육체 활동을 수단으로 순위를 매기고, 차별하는 법을 가르치고 있다. 너희의 아이와 우리의 아이들이 같이 생활하게 하되 우리의 교육 방식을 따를 것이다.

우리가 거부하는 제안은 이것이다. 너희는 우리 '아라히임'이 너희보다 앞선 문명인지 확인하겠다고 했다. 그것을 위해 사절단을 보내고 아이들을 섞어서 생활하게 하는 것이라 했다. 그 과정과 결과를 보고 너희 '음'이 판단할 것이라 말했다. 나는 너희의 언어를 빌려 이렇게 말하겠다. 너희의 말은 헛소리다. 누가 누구를 판단하겠다는 이야기인가. 나는 분명히 말한다. 우리가 이곳에 왔다. 너희가 우리의 문명을 전해 받을 자질이 있는지, 가치가 있는지 평가하기 위해서 이곳에 왔다. 너희의 판단을 받기 위해 온 것이 아니다. 너희에 대한 우리의 평가 작업은 아직 끝나지 않았다. 우리는 너희와 우리 사이에 벌어지는 일을 바탕으로 너희를 평가하지 않는다. 얼굴 흰 자들과의 물리적 충돌에도 불구하고 그것이 너희에 대한 우리의 결론에 영향을 주지는 않을 것이다. 너희가 너희를, 너희가 다른 생명을 상대하는 방식을 바탕으로 평가할 것이다. 너희 '하아' 종족이 우리의 문명을 받아들일 자질이 없는 것으로 확인되면, 우리 '아라히임'과 같아질 수 없다고 생각되면 우리는 이곳을 떠날 것이다. 너희 '하아' 종족의 존재가 전 우주적으로 해가 될 것이라 결론 내리는 순간 우리는 너희가 상상할 수 없는 압도적인 물리력으로 너희를 절멸시킬 것이다.

너희 '음'의 사절과 우리 아이들과 함께 생활했던 너희의 아이들만이 살아남아 최후의 '하아'이자 최후의 '음'이 될 것이다.

'아라히임'이 될 것이다.

기억하라. 판단은 우리가.

기다려라. 우리의 결정을.

너희 방식대로 표현하여

아라히임 제 367대 평의회 의장 아브.

아나키스트의 출현과 작동하는 권력의 해체를 향한 사유

홍기돈 (문학평론가, 가톨릭대학교 교수)

1. 「우리 아빠」의 새로움: 생명정치 비판의 의미

신진작가 김강은 제21회 심훈문학상을 수상하면서 등단하였으며, 당선작은 「우리 아빠」였다. 「우리 아빠」는 신인에게 기대하게 마련인 덕목이 풍부하게 드러나 있는 작품이다. 가령 그 세계가 얼마나 새로운지 따져 물었을 때, 「우리 아빠」의 중심축을 이루는 '우리 가족' 사업은 발랄한 상상력의 산물이라 답할 수 있다. "생산 인구의 감소, 노인 인구의 증가, 출산율의 저하"로 위기에 처한 대한민국은 2030년 '우리 가족' 사업이라는 정책을 시행하기 시작하였고, 이제 20여 년이 지났다. 「우리 아빠」의 화자는 건강한 정자를 제공하는 역할로 생계를 이어나가는 형편이다. 발랄한 상상력이 지금-여기의 현실에 뿌리내리고 있음은 이로써 확인하게 된다. 즉 현재 우리가 맞닥뜨리고 있는 인구 문제가 소설의 출발점이 되고 있는 것이다. 발랄함이 결코 경박하게 날아오르지 않는 것은 그로 인해서이다.

뿐만 아니라 세계와 대결해나가는 자세도 만만치 않은데, 국가 권력이 생명을 관리하는 방식에 관한 통찰은 웅숭깊다. 기실 국가 권력은 부국강병을 실현하는 일환으로 인구를 관리해왔고, 근대로 접어든 이후 과학기술의 급속한 발달과 결합하면서 이는 더욱 심화되었다. 현대철학에서 논의하고 있는 '생명정치'란 바로 이러한 측면에서의 국가권력 작동을 가리킨다. 그러니까 「우리 아빠」의 '우리 가족' 사업은 생명정치의 속성을 가시적으로 펼쳐 보이는 장치에 해당하겠다. 계급은 어떻게 재생산되는가. 작가는 말한다. "혈액을 팔아 생계를 이었다는 옛날이야기의 등장인물"의 새로운 버전이 '우리 아빠'다. '우리 아빠'는 "사회경제적으로 열성"이라는 것이다. 그리고 '우리 아이'는 그저 "국가가 만든 고아"일 따름이다.

자, "유아용품, 유아 및 초등, 중등, 고등교육의 제공자 및 관련 산업, 심지어 소아과 의사들, 백신 회사까지, '우리 아이' 사업으로 혜택을 보았고, 일자리를 유지하게" 되었다. 그럼에도 '우리 아이'들은 고등학교 졸업 때까지만 국가의 지원을 받고, 이후로는 제 스스로 살아나갈 방안을 마련해야 한다.

> "알아서 (사회의) 밑바닥을 채우라고? 낳았으면 책임을 져야 할 것 아니야." (195쪽. 괄호는 인용자)

'우리 아빠'가 항변한다고 한들 국가 정책이 변할 리 없다. 사회적인 편견도 심각하다. '우리 아이'로 추정되는 편의점 아르바이트생에게 "편의점 알바가 모자라서 '우리 아이' 만든 거가?"라고 비아냥대는 취객을 보라.

> "기분 나쁘면 우짤 낀데. 내가 낸 세금으로 태어나서, 입히고 먹여서, 공부까지 가리키가 이리 편의점 알바 만들어줬으면 감사합니다 해야지. 안 그렇나. 인마, 야, 우리 아이. 감사합니다, 해봐." (204쪽)

국가권력은 계급재생산에 어떠한 방식으로 관여하고 있는가. 김강의 「우리 아빠」는 이를테면 이에 대한 나름의 탐구인 셈이다. 무거운 주제를 끌어안았으되, 그 무거움과 추상성을 사건으로 형상화해내야 하는 지점에 발랄한 상상력이 마치 사다리처럼 놓여 있다. 생명정치라는 작품의 주제뿐만이 아니라, 현대 사회의 권력 구조를 이렇게 정면에서 심문하고자 하는 작가는 찾아보기가 힘들다. 그러한 까닭에 「우리 아빠」를 제21회 심훈문학상 당선작으로 뽑으면서부터 나는 일찌감치 김강의 다른 소설들을 기다려왔다. 소설집 『우리 언젠가 화성에 가겠지만』은 그 기다림에 대한 응답이라 하겠다.

2. 아나키스트의 시선에 포착된 권력의 작동 방식

권력에 대한 김강의 사유에는 충분한 탐색이 전제되어 있다. 권력의 작동에 대한 접근이 『우리 언젠가 화성에 가겠지만』 곳곳에서 다양한 층위로 펼쳐지고 있는 데서 알 수 있다. 그 가운데 「아라히임」은 문명사 차원에서 작가의 견해가 표출되고 있으니 가장 규모가 큰 편에 속한다. 소설은 두 통의 편지로 구성되어 있다. 한 통은 대한민국 제29대 대통령의 편지이고, 다른 한 통은 이에 대한 미지의 외계인 평의회 의장의 답변이다. 주지하다시피 편지는 발신인 '나'가 수신인 '너'에게 하고 싶은 말을 자유롭게 늘어놓을 수 있는 양식이다. 김강은 「아라히임」에 편지 양식을 도입함으로써 자신의 견해를 직접 표출할 수 있게 되었다. 그리하여 첫 번째 편지에서는 근대 문명의 폭력성에 대한 지적이 부각되며, 두 번째 편지의 경우에는 새로운 문명의 조건이 두드러지게 되었다.

문학 이론서에 따른다면 소설 작법의 본령은 사건 전개를 통한 보여주기라 할 수 있다. 사건에 대한 말하기 방식에는 독자보다 우위를 차지한 작가의 설명·설득으로 흘러가버릴 위험이 놓여 있기 때문이다. 「아라히임」이 흥미로운 지점은 그 일방적 관계를 해소시키는 방식이라 하겠는데, 첫 번째 편지에서는 미지의 대상 앞에서 진솔하게 드러내는 성찰과 혼란이 일방성을 상쇄하는 기능을 감당하며, 두 번째 편지에서는 외계의 문명 아라히임—"진실을 말하는 사람들이라는 뜻"의 '아라'·"문명의 전달자라는 뜻"의 '히임'—에 관한 작가의 독특하고 설득력 있는 상상이 촘촘하게 펼쳐져 있어서 일방성이 드러나지 않고 있다. 이는 습작을 통해 쌓은 작법 수련이 결코 호락호락하지 않다는 방증이다.

아라히임은 어떤 존재인가. 그들은 "전신의 진동을 언어로" 사용하는 까닭에 "진실이 아닌 것들은" 서로 간에 "전해지지 않는다." 언어가 존재에 밀착해 있는 양상이다. 또한 그들 세계에는 "폭력의 문제를 관장하는 직책은" 없으며, 향후 "생물학적인 기준이 아니라 문화와 도덕의 기준으로" 자신들과 "다른 존재를 구분할" 것이라고 밝히고 있다. 아라히임의 그와 같은 문명은 아나키즘의 이상과 포개진다. 다시 말해 작가 김강은 어떠한 류의 억압·군림하는 권위도 거부하는 아나키즘의 입장에서 새로운 문명을 모색하고 있는 것이 아닌가, 판단할 수 있다는 것이다. 그런 점에서 「아라히임」은 『우리 언젠가 화성에 가겠지만』에 실린 작품들 가운데 신진작가 김강의 세계관이 가장 분명하게 드러난 작품이라 할 수 있다.

「우리 아빠」와 「아라히임」의 시간 배경이 미래인 반면, 「알로하의 밤」의 인물들은 과거 입국(入國) 시조의 기원으로 거슬러 올라간다. 김강은 "각산은 남해안에 있는 작은 어촌인 석내포의 옛날 이름"이라면서 '각산 알(乫)' 씨의 유래를 다음과 같이 설명한다. "삼백 년 전 쯤, 영·정조 시대에 서남아시아 무역선이 풍랑을 만나 지금의 석내포로 흘러들어왔고, 선원들 중 일부가 돌아가지 않고 조선에 남게 된" 것이다. 그들이 각산 알을 성씨로 삼았으니, 성을 각산 알로 삼는 이들은 "아랍인의 후손"이 되는 셈이다. 성명이 '알로하'인 이들이 석내포에서 모임을 열었다. 이들은 성명으로 인해 겪었던 각자의 사연들을 나누는데, 이에 대한 작가의 의도는 다음 구절에 집약되어 있다.

> "300년 전 이곳에 흘러들어온 조상님이 큰 죄를 지은 것도 아니고, 단지 풍랑을 만났을 뿐인데. 아니, 따지고 보면 이곳 누구의 조상이든, 모두들 이곳에 흘러들어온 사람들인데. 수천, 수만 년 전이냐 삼백 년 전이냐, 작년이냐의 문제일 뿐." (123쪽)

기실 「우리 아빠」에 2000년대 초반 다문화가정 아이들에게 가해졌던 차별이 언급되어 있고, 「아라히임」에는 인종·민족의 차이를 근거로 가해졌던 폭력에 대한 비판이 진술되어 있다. 그러니 '생물학적 기준'을 근거로 삼아 구별 짓고 차별하는 행태에 대한 비판은 김강의 일관된 입장이라 하겠는데, 「알로하의 밤」은 단일민족 신화를 문제 삼은 경우라 할 만하다. 알로하들의 모임은 결국 국가기구를 상징하는 경찰의 출동으로 파장에 이르게 된다. "아랍 쪽 난민 모임일지도 모른다는 신고"를 받고 출동한 경찰들은 '알로하'라는 이름을 수상히 여겨 외국인 등록증을 요구한다. "아니,

이 사람들이, 독립운동 하는 것도 아니고. 그러면 여권 좀 봅시다. 외국인 등록증이나 뭐 그런 것.” 권력은 구별이 작동하는 경계선 위에서 차별을 공고히 하면서 위세를 더해간다.

「잘 자, 병철」은 권력의 작동 방식을 통일된 공간 내에서 압축적으로 풀어내는 솜씨가 인상적이다. “봄부터 혹은 초여름부터” 역 대합실을 차지한 사내 일곱과 여자 하나가 있다. 자신들도 역 대합실에 흘러들었을 따름이지만, 이들은 대합실의 좋은 자리를 차지하고서 텔레비전 채널 선택권을 독점하며, 대합실로 들어오려는 신참 노숙자에게 폭력을 행사하여 쫓아내기도 한다. 역무원이나 경찰들도 이들을 제지하지 못한다. 역 대합실 바깥도 상황은 다르지 않다. 마트에서 내놓은 종이상자와 폐지 따위를 승합차로 싣고 가는 노부부가 있고, 시장바구니 수준의 손수레를 끌고 나타났다가 황급히 사라지는 할머니도 있다. 할머니가 황급히 사라지는 까닭은 노부부에게 걸렸을 경우 폭행을 당하기 때문이다.

역 대합실과 마트 주변 풍경의 상동성(相同性)은 우연이 아니다. 우리 사회는 폭력을 동력으로 유지된다는 작가의 인식이 상동성을 낳았기 때문이다. 경찰도, 역무원도, 마트 직원들도 폭력의 피해자에게 어쩌다 한 번 위로를 건넬 수는 있어도, 이 질서를 어찌하지는 못한다. 그런 점에서 변별되는 공간은 병철이 잠을 자는 토큰박스다. 사람들은 병철이 토큰박스에서 잠잔다는 사실을 알지 못하며, 병철은 토큰박스에서 역 대합실과 마트 주변 풍경을 살필

수 있다. 이러한 공간의 예외성이 병철의 예외성으로 치환된다. 즉 손수레 할머니를 대신하여 승합차 노부부에게 복수를 가한다거나, 역 대합실 패거리들과 홀로 맞서는 병철의 근거는 공간의 예외성과 일치한다는 것이다. 표현을 달리 하자면, 저 홀로 권력 구조 바깥으로 이탈하여 그에 맞서는 병철의 면모 및 방식은 아나키즘에 접근해 있다.

정치 집회에 참석한 K가 유력 정치인에게 테러를 가한다는 「밴타블랙 99.695%」에서도 아나키즘의 색채가 선명하다. 테러라는 방식도 물론이거니와, 주지하다시피 검은 색은 아나키즘을 상징한다. '밴타블랙'이 뭔가. "눈으로 볼 수 있는 모든 빛을, 심지어 적외선마저 삼켜버리는" "가시광선 흡수율이 99퍼센트인 세상에서 가장 검은 물질입니다." 유력 정치인에게 하필 밴타블랙을 쏜 K의 행위가 아나키즘의 맥락에서 파악할 수 있는 근거는 이로써 마련된다. 그리고 K는 왜 그와 같은 일을 저질렀던가. "지긋지긋한 반복을, 한 발짝도 나아가지 못하는 정체를, 정화되지 못하는 것들을 위해서다." 지금 우리가 살고 있는 세계에서는 도저히 변화 가능성을 탐색할 수 없으니, 이제 남은 것은 아나키즘의 방식밖에 없다는 전언이다. 여기서 다시 아나키스트의 자리에서 권력을 파악하는 작가의 시선이 포착된다.

3. 검은 깃발을 향해 나아간 도정

권력에 대한 비판적 사유가 펼쳐지고 있다는 점에서 「우리 아빠」 「아라히임」 「알로하의 밤」 「잘 자, 병철」 「밴타블랙 99.695%」는 하나의 부류로 묶을 수 있다. 반면 나머지 작품들, 그러니까 「병호가 오는 날」 「A리그」 「그대, 잘 가라」 「호모 XY」는 각각의 세계로 나뉘어 있는 형국이다. 아마도 이는 『우리 언젠가 화성에 가겠지만』이 김강의 첫 번째 소설집이라는 사실과 관련이 있을 성싶다. 첫 번째 작품집에는 습작 과정에서 모색했던 다양한 시도가 간혹 끼어들기도 하는데, 『우리 언젠가 화성에 가겠지만』의 소설 네 편이 그러한 경우에 해당하리라는 추측이다.

「병호가 오는 날」에서 김강은 사회에서 뒤처지고 배제된 이들이 어떻게 따뜻하게 연대할 수 있는가를 살펴보고 있다. 그리고 「A리그」에서는 성공하지 못한 인물들 각각의 내력을 드러내면서 그가 직접 인물들을 감싸 안고 있다. 이러한 따뜻한 위안이 자기만족에 불과할 뿐 변화의 동력으로 이어지지 못한다는 자각에 이르렀을 때, 김강은 아나키즘으로 나아간 것은 아닐까. 「그대, 잘 가라」의 '성진'은 가족으로 대표되는 인간관계 가운데서 문제를 풀어나가지 못한 채, 그저 화성 개척단의 일원이 되고 싶다는 일념에 매몰되었을 따름이다. 그러니 그가 꿈의 성취를 향해 한 발자국 내디딜 때마다 가족들은 멀어질 따름이다. 「호모 XY」는 그동안 방치하였던 자식들로부터 간 이식을 받고자 하는 부자 남성 환자가 등장한다. 재산 분할을 내걸었어도 그는 결국 배다른 세 명의 자식들로부터 간 이식을 거부당한다. 그러니 이 또한 「그대, 잘 가라」에서처럼 인간관계의 의미를 탐구한 소설이라고 할 수 있겠다. 인간은 고립된 개인일 수 없고, 공동체를 전제하고 이해하여야 한다. 아나키즘에서 표방하는 공동체주의의 이념이 그러하니, 김강은 「그대, 잘 가라」와 「호모 XY」를 거쳐 아나키즘을 향해 한 걸음 더 나아간 것일까.

지금으로서는 그 내막을 알 수는 없다. 그렇지만 김강이 나름의 사상으로 무장하고 기존 체제의 권력 작동 방식과 선 굵은 대결을 펼치고 있는 작가라는 사실은 분명하게 말할 수 있다. 대다수 신진 작가들이 일상사의 세목 가운데서 창작을 벌여나가고 있는 현실을 염두에 둔다면, 이는 그들과 변별되는 김강의 커다란 미덕이라 할 수 있다.

작가의 말

솔직해지겠다. 소설집을 내고 싶었다.

노트북 폴더에 갇힌 이야기들이 한 살씩 나이드는 것이 싫었다. 한 해가 지나고 또 한 해가 지나면 의미를 잃어버린 이야기가 될 것 같아 조바심이 났다. 꼭 소설집이라는 그릇이 아니어도 된다 생각하기도 했다. 이야기와 사람들이 만날 수만 있다면 형식, 공간 따위는 아무래도 좋았다. 블로그나 유튜브, 플랫폼들. 곧 포기했다. 댓글들을 살펴야 하고 조회수에 신경을 써야 한다는 사실을 잊고 있었다. 세상에 발을 내디딘 아이의 뒤를 따라 혹은 앞장서 가며 길바닥의 돌멩이를 치우고 따가운 햇볕을 가리는 부모가 되고 싶지 않았다. 이미 떠난 아이다. 걷고 그을리며 자기 세상을 만들 아이들. 내가 할 일? 아이를 찾고 키워 세상에 내어놓는 것, 거기까지다. 이 소설집을 통해 아이들을 세상으로 내어 보낸다. 물론

나는 아이들을 쫓아다니지 않을 것이다. 가끔 아이들의 흔적을 찾으며 발을 동동거릴 것이 분명하지만.

이 산을 넘어 다음 산으로 가야겠다. 마음먹었을 때 누군가 말했다. 묵묵히 걸으면, 오르다 보면 산을 넘고 다음 산으로 향할 수 있다. 고개를 끄덕이며 걷다가 길을 잃은 사람들에 대해 들었다. 무작정 걷다 길을 잃은 사람들, 산을 헤매다 결국 내려온 사람들. 또 누군가 말했다. 그냥 오를 수는 없는 거라고. 미끄러지지 않게 등산화를 신어야 하고 추위에 떨지 않게 갖춰 입어야 한다고. 한동안 기다렸다. 기다리다 산등성이에 한 발자국 들여놓지 못한 사람들에 대해 들었다. 신발 한 짝이 없어 출발하지 못한 사람들, 랜턴이 없어 동이 트기를 기다리는 사람들. 나는 발을 내딛기로 했다. 이미 나 있는 산길을 따라 오르기로 했다. 먼저 올랐던 사람들이 지나간 길을 따라 착실히 그리고 단숨에, 영악하게 오르겠다. 이 산을 넘으면 다음 산이 보일 것이다. 이 산을 넘어야 다음 산으로 갈 수 있다.

꼭 쓰고 싶은 이야기가 있다. 변명에 관한 이야기다. 하지 말아야 했던 행동들, 말들, 지키지 못한 약속들. 그것들을 지나간 시간으로부터 불러내 곱씹고 또 곱씹어야 한다. 아니다. 굳이 곱씹을 필요 없다. 이미 알고 있던 것들이 아닌가. 나로부터 나온 것들이다. 의미 없다 부정할 수 없지만 자랑스럽다 말할 수 없는, 부끄러운 과거들에 대해 변명을 해야 한다. 용서를 빌 용기와 변명을 할 용기 중 어느 것이 먼저일까? 다음 혹은 그 다음 소설집은 변명에 대한 이야기가 될 것이다. 이야기는 이미 내게 와 있다. 용기가 필요한 것일 뿐.

S에게.

감사의 말을 전합니다. 분명한 표현으로 감사하다 말씀드립니다. 당신이 내게 보여준 신뢰와 격려가 없었다면 저는 아직 산 아래에서 서성이고 있었을 것입니다. 무릎을 꿇고 고개를 숙여 당신의 발등에 입을 맞추겠다는 말은 차마 하지 못하겠습니다. 옷을 갖추어 입고 손을 앞으로 모아 당신 앞에 설 것입니다. 허리 굽혀 인사를 할 것입니다. 앞으로도 저의 곁에서 뒤에서 다독이고 밀어 주시리라 믿습니다.

첫 소설집이다.

감사의 말씀을 드려야 할 분들을 언급하고 감사드릴 수 있는 처음이자 마지막 기회다. 다음이 있다면 그때는 이 공간에 감사의 말을 남기지 않을 것이다. 오직 오늘만.

먼저 '소설'이라는 언어를 공유하는 이들, 이해하는 이들 모두에게 인사를 전한다.

반갑다. 자주 만나자.

스승들께 감사드린다. 나는 스승에 관한 한 운이 좋았다.

그분들의 제자 운은 좋은 편이 아니셨다.

부모님께 감사드린다. 나는 부모에 관한 한 운이 좋았다.

그분들의 자식 운이 어떤지는 잘 모르겠다.

문우들에게 감사드린다.

이번만큼은 잘난 체 빼기며 말하겠다. 머무르지 말라. 함께 걷자.

가족들(아이들, 동반자, 형제와 그 가족들)에게 감사드린다.

내 이야기의 첫 독자들이다. 이를테면 공동 창작자.

아시아 출판사와 편집부에 감사드린다.

멋도 모르면서 재촉만 해대는 초짜 작가를 데리고 힘든 길을 걸었다.

홍기돈 선생님께 감사드린다. 나를 세우고 앞뒤로, 아래위로 살펴 옷을 입혀주셨다.

이대환 선생님께 감사드린다.

서성이던 내 손을 잡아 당겨 산속에 풀어놓으셨다.

2020년 3월

김 강

우리 언젠가 화성에 가겠지만

2020년 3월 31일 초판 1쇄 펴냄
2020년 7월 20일 초판 3쇄 펴냄

지은이 김강 | **펴낸이** 김재범
편집 김지연 강민영 | **관리** 박수연 홍희표
디자인 나루기획 | **인쇄·제본** 굿에그커뮤니케이션 | **종이** 한솔PNS
펴낸곳 (주)아시아 | **출판등록** 2006년 1월 27일 | **등록번호** 제406-2006-000004호
전화 02-821-5055 | **팩스** 02-821-5057 | **이메일** bookasia@hanmail.net
주소 경기도 파주시 회동길 445(서울 사무소: 서울시 동작구 서달로 161-1 3층)
홈페이지 www.bookasia.org | **페이스북** www.facebook.com/asiapublishers

ISBN 979-11-5662-446-2 03810

*값은 뒤표지에 표시되어 있습니다.

이 도서의 국립중앙도서관 출판예정도서목록(CIP)은 서지정보유통지원시스템 홈페이지(http://seoji.nl.go.kr)와
국가자료공동목록시스템(http://www.nl.go.kr/kolisnet)에서 이용하실 수 있습니다.(CIP제어번호 : CIP2020010679)